A MALDIÇÃO DA CASA BLACKTHORN

DANIEL PEDROSA

A MALDIÇÃO DA CASA BLACKTHORN

:ns

SÃO PAULO, 2024

A maldição da casa Blackthorn
Copyright © 2024 by Daniel Pedrosa.
Copyright © 2024 by Novo Século Editora Ltda.

Editor: Luiz Vasconcelos
Coordenação editorial: Equipe Novo Século
Preparação: Bruna Tinti
Revisão: Ana C. Moura
Diagramação: Marília Garcia
Capa: Ian Laurindo

Texto de acordo com as normas do Novo Acordo Ortográfico da Língua Portuguesa (1990), em vigor desde 1º de janeiro de 2009.

Dados Internacionais de Catalogação na Publicação (CIP)
Angélica Ilacqua CRB-8/7057

Pedrosa, Daniel
A maldição da casa Blackthorn / Daniel Pedrosa.
-- Barueri, SP: Novo Século Editora, 2024.
208 p.

ISBN 978-65-5561-809-9

1. Ficção brasileira 2. Literatura fantástica I. Título

24-3561   CDD-B869.3

Índice para catálogo sistemático:
1. Ficção brasileira

<ns
uma marca do
Grupo Novo Século

GRUPO NOVO SÉCULO
Alameda Araguaia, 2190 - Bloco A - 11º andar - Conjunto 1111
CEP 06455-000 - Alphaville Industrial, Barueri - SP - Brasil
Tel.: (11) 3699-7107 | E-mail: atendimento@gruponovoseculo.com.br
www.gruponovoseculo.com.br

Para o meu pai, Jaime,
e meu amigo, Alan.

O homem é o único ser capaz de criar seus próprios demônios.

O AUTOR

CAPÍTULO 1
Vestígios do passado

O vento sussurrava entre as árvores antigas, revirando folhas secas que formavam um tapete sombrio sob a luz pálida da Lua. A pequena cidade de Paranapiacaba estava mergulhada em um silêncio profundo, interrompido apenas pelo ocasional farfalhar das folhas ou pelo chirriar distante de uma coruja solitária.

No coração da cidade, erguia-se uma mansão abandonada, conhecida pelos moradores como a "casa misteriosa". As janelas quebradas lançavam um olhar vago para o mundo exterior, e a hera selvagem abraçava as paredes como tentáculos famintos. Havia algo de inquietante na atmosfera, uma sensação que fazia com que os moradores evitassem ao máximo se aproximar.

Era ali que Helena Blackthorn, uma mulher de olhos sombrios e passado enigmático, acabara de entrar. Com uma bolsa desgastada em uma das mãos e uma lanterna na outra, ela cruzou o portal enferrujado mergulhando na escuridão quase impenetrável do seu interior.

A mansão, que era um labirinto de corredores sombrios e salas empoeiradas, parecia viva com suspiros antigos e ecos de risos distantes. Helena, porém, não se intimidava. Seu propósito ali era tão misterioso quanto a própria mansão. Um acontecimento do passado, uma tragédia envolvendo sua família, algo que corroía seu coração havia anos, era o motivo pelo qual a jovem decidira explorar o lugar. Mesmo depois de ouvir rumores sobre estranhos eventos noturnos, sombras que dançavam nas paredes e sussurros inaudíveis que ecoavam pelos corredores, Helena não havia desistido.

Enquanto a jovem arquiteta explorava os recantos sombrios da casa, um retrato na parede chamou sua atenção. Era um rosto familiar, mas distante que, mesmo desfocado pelas sombras da escuridão, olhava para ela com olhos que pareciam esconder algum segredo. Ela associara a imagem ao retrato do avô, um homem de quem já ouvira falar, mas que nunca tivera a oportunidade de conhecer.

À medida que continuava a observar a casa, Helena começou a desenterrar fragmentos do passado de sua família. Objetos que pareciam envolver algum tipo de magia, livros sombrios e pertences possivelmente abandonados pelos últimos habitantes do lugar se espalhavam pelo caminho. Aquela casa nunca fora apenas um abrigo para as gerações anteriores; parecia ser um portal para um mundo oculto. Quem sabe, um local onde o passado e o presente se entrelaçavam em uma teia complexa e misteriosa.

Enquanto a noite avançava, as sombras pareciam ganhar vida, e Helena continuava procurando alguma coisa. Ela estava determinada a desvendar os segredos enterrados na escuridão daquela casa ancestral. Um mistério de seu passado precisava ser revelado e aquela casa era a única pista que surgira em seu caminho após anos de procura. No entanto, ela não estava sozinha em busca de respostas, já que forças misteriosas a observavam durante um sono milenar, ansiosas para emergir das profundezas e reclamar o que era delas por direito.

Mas não era ali que esta história havia começado.

Meses antes, a vida tranquila de Helena na cidade de São Paulo não revelava o futuro angustiante que a esperava. Tarde da noite, quando retornava do trabalho, em uma reconhecida construtora de empreendimentos na qual acabara de ser efetivada, a jovem encontrou uma carta sob o vão de sua porta. Essa carta a lançou no abismo de um passado desconhecido. O envelope era de um preto profundo, sem remetente, apenas com o símbolo em relevo de uma árvore retorcida.

No início, Helena nem sequer se preocupou com o convite, mas, assim que pegou uma tesoura para abrir o envelope, um arrepio lhe percorreu a espinha, como se uma premonição ou um sentido especial estivesse avisando sobre algo. Ao abrir a carta com mãos trêmulas, Helena deparou-se com palavras que pareciam queimar na folha, como se tivessem sido escritas com tinta fresca e sangue antigo:

Querida Helena Blackthorn,

O destino te chama de volta para as raízes que tu desconheces. Na casa onde viveram seus ancestrais, onde sombras dançam e segredos se entrelaçam, tu encontrarás a verdade que há muito foi esquecida. O legado da tua linhagem aguarda, renegado por muitos e escondido nas dobras do tempo.

À meia-noite, quando a Lua banhar a cidade em sua luz prateada, a porta se abrirá para ti. O passado te aguarda, e o futuro será moldado pela tua escolha.

Com respeito e apreço,
O Guardião

O convite era enigmático e avivou uma curiosidade sombria no coração de Helena. O legado da família era um grande mistério e, depois da morte dos pais, ocorrida exatamente no dia de seu aniversário de 15 anos, tudo ficara ainda mais obscuro.

Por semanas, ela resistiu à tentação de ceder à chamada, mas a inquietude persistente a consumia. Finalmente, naquela noite fatídica, ela se dirigiu ao endereço indicado no convite, guiada pelo destino que havia sido traçado muito antes de seu nascimento.

Enquanto se aprofundava nos mistérios da mansão, cada passo a aproximava mais da verdade oculta por trás do convite. Sombras surgiam e desapareciam ao seu redor, ecoando os sussurros de uma linhagem marcada por uma maldição ancestral. O passado, antes adormecido, agora despertava, e Helena estava prestes a descobrir o próprio papel em uma narrativa que havia começado séculos antes de seu nascimento.

CAPÍTULO 2
Sombras do coração

Os dias que antecederam a data indicada na carta tinham se transformado em uma espera angustiante para Helena. Cada momento era carregado com a tensão de um passado não revelado enquanto ela tentava decifrar as entrelinhas da mensagem misteriosa. A solidão pesava nos ombros, e sua única companhia eram os pensamentos que brotavam nos cantos de sua mente inquieta.

Durante este período, a lembrança dos últimos momentos que passara com os pais se tornara mais presente e mais vívida do que nunca. Era como se o dia de seu aniversário de 15 anos fosse revivido a cada noite de sono, a cada pensamento.

Sem controle das próprias vontades, Helena se via relembrando sempre daquela manhã, quando fora acordada pelo som de gritos vindos da cozinha:

– Que besteira! Ainda não creio que você acredita nestas coisas – dizia o pai. – São apenas medos que sua mente está criando. Nós falamos disso por anos, e nada aconteceu. Na verdade, eu nem sei por que ainda discutimos este assunto. Eu disse que você não deveria ter parado com as consultas. Você fantasia coisas que não são reais.

– As consultas não estavam melhorando minhas preocupações em nada, por isso eu parei – respondeu a mãe, com uma voz embargada. – Psicólogos, psiquiatras, nenhum deles pode me ajudar com uma coisa que eles não entendem.

Helena jogou a coberta de lado e se levantou com cuidado para que os pais não ouvissem seus passos. Ela caminhou até a sala e, escondendo-se atrás da estante, continuou escutando o que diziam.

– Eu tenho de ir até lá. Se você não for comigo, eu vou sozinha. Está decidido!

– Que bobagem! – retrucou o marido. – Você vai me fazer dirigir por duas horas apenas por causa de pensamentos malucos?

– Não são pensamentos, Rogério! – gritou ela, interrompendo. – São lembranças que envolvem minha vida com meus pais. Eu passei por isso com eles, eu sei o que pode causar à nossa família. Não podemos viver com estas coisas mal resolvidas, precisamos pôr um fim nisso antes que seja tarde.

O pai de Helena olhava para a esposa, incrédulo diante daquelas palavras. Eles já haviam tido aquela conversa inúmeras vezes, e ela insistia em continuar.

– É tudo o que temos – disse ela, por fim. – Se perdermos isso, nunca poderemos garantir nosso futuro ao lado de nossa filha.

Helena não conseguia entender, jamais havia presenciado aquele comportamento da mãe, e tudo parecia muito estranho. Será que alguma coisa havia acontecido entre eles, ainda mais no dia do seu aniversário?

A menina decidiu voltar para o quarto e esperar até que eles terminassem a conversa e viessem chamá-la. Seria ruim se a pegassem espiando por trás da porta, ainda mais em um momento tão complicado.

E não demorou até que os pais fossem até o quarto para acordá-la. Seu pai foi o primeiro a chegar. Ele carregava um pacote embrulhado em um papel brilhante e bonito, que parecia conter uma caixa ou algo em formato retangular. Sorrindo, deu-lhe logo os parabéns pelo dia maravilhoso em que estava completando seus 15 anos. A mãe veio em seguida, com o rosto avermelhado pelas marcas das lágrimas. Ela também lhe deu os parabéns e um abraço mais apertado do que o de costume. Com um sorriso forçado e um olhar amoroso, tentava esconder o que quer que estivesse acontecendo.

– Seu presente chegou, filha! – disse ela após o longo abraço.

Helena pegou o presente das mãos do pai e sem ligar para o pacote enfeitado já foi logo rasgando tudo. Quando não havia mais papel ou laço para atrapalhar foi que ela conseguiu identificar o que era: uma linda coleção de livros, exemplares especiais de capa dura e com desenhos em relevo, de vários autores clássicos. Júlio Verne, H. G. Wells, Lovecraft, Edgar Allan Poe, Oscar Wilde... Helena adorava leitura e ali existiam vários nomes famosos que a menina imediatamente reconheceu. Aquele era um presente maravilhoso e aproveitaria ao máximo cada leitura.

– Obrigada, pai. Obrigada, mãe – disse ela, abraçando novamente os dois.

Naquele momento, Helena se sentia muito feliz por ter pais maravilhosos e desejava que pudesse viver com eles por muito tempo. A discussão na cozinha havia ficado para trás após aquele momento de felicidade, e a menina desejou que as coisas estranhas não viessem mais a acontecer.

Ela desejou, mas não seria dessa forma.

No meio da tarde, seus pais comunicaram que precisavam sair e que retornariam até a noite, para que juntos eles pudessem celebrar seu aniversário em um jantar com direito a bolo e presença de alguns amigos. A mãe de Helena fez questão de afirmar que precisavam resolver um assunto importante para a família e que ela ficaria muito feliz quando retornassem.

– Nós precisamos resolver algo muito importante, filha – disse ela, exatamente. – Precisamos fazer isso para que a mamãe não precise mais se sentir culpada; precisamos fazer isso pelo seu futuro e pelo futuro da nossa família!

A menina novamente não entendeu bem o que a mãe dizia, mas, mesmo assim, sorriu e disse que aproveitaria o tempo para assistir a alguns filmes. Aquela foi a última imagem que tivera dos pais ainda vivos.

Por volta das duas horas da manhã, alguém bateu à porta da casa. Helena tinha adormecido no sofá e, assim que despertou, correu para atender. Ela estava preocupada e achou que enfim os pais haviam chegado. Em vez deles, um policial apareceu na entrada e a cumprimentou. O homem fardado falou algumas coisas sobre um acidente, disse que precisava da ajuda dela para um reconhecimento e pediu que ela o acompanhasse até um hospital.

Atordoada pelo sono e pelo medo da ausência dos pais, a menina não questionou e seguiu com ele até o local. Ao chegar lá, Helena caminhou por corredores e desceu algumas escadas até chegar a um local frio e silencioso. Era uma sala pequena, com algumas mesas de mármore cobertas por lençóis hospitalares. No local, um funcionário esperava por ela e, após a ordem do policial, levantou os panos para que ela pudesse ver o que estava por baixo. Os corpos dos pais estavam estendidos nas mesas, imóveis e pálidos. Suas roupas haviam sido removidas, e ambos tinham manchas roxas, além de alguns cortes na pele, feitos aparentemente por galhos e espinhos. Helena tocou os pés da mãe e sentiu que estavam gelados como uma pedra ou um pedaço de metal.

– São seus pais? – perguntou o guarda.

– Sim – respondeu Helena, com a voz fraca.

– Você é a única família que eles têm aqui na cidade – disse o guarda –, por isso tive de trazê-la até aqui. Me desculpe por isso, mas não tínhamos alternativa.

– Tudo bem – respondeu ela, atordoada.

Com um sinal de cabeça, o guarda ordenou ao funcionário do hospital que cobrisse novamente os corpos.

– Vamos – disse o policial, assim que o funcionário terminou de estender o pano. – Você não precisa ficar mais aqui.

Antes que a jovem retornasse para casa, o militar lhe entregou um colar que a mãe carregava com uma foto da família, além de um galho com flores que haviam encontrado em sua mão. Aqueles seriam, a partir daquele momento, os objetos considerados a última lembrança da família.

Helena, uma alma jovem e inocente, tinha perdido tudo na noite em que seus pais foram tirados dela de maneira trágica e inexplicável. Sem irmãos, sem parentes próximos, ela era uma folha solitária na árvore genealógica dos Blackthorn. A cidade silenciava com a maldição que pairava sobre aquela menina, sobre aquela família.

Desde então, já haviam se passado sete anos, e Helena ainda carregava as marcas daquele acontecimento como uma enfermidade dolorosa e persistente.

Agora, tantos anos depois, a carta que recebera, embora repleta de mistério e promessas, representava uma tênue esperança para Helena. A ideia de encontrar respostas, de desvendar os segredos que a vida tinha escondido dela, a enchia de expectativa e a impelia a seguir adiante.

Finalmente, a meia-noite da data indicada chegou, e Helena, envolta em um manto de determinação, tinha se dirigido à cidade de Paranapiacaba, embarcando em um trem de subúrbio. Assim que chegou à estação, a jovem seguiu em direção ao local indicado no convite. A Lua pairava no céu como um farol prateado, iluminando seu caminho até a entrada da mansão. O vento sussurrava palavras indistintas, como se a própria natureza estivesse ciente da jornada que estava prestes a se desenrolar.

    Ao cruzar o limiar da casa naquela noite, Helena sentiu um tremor percorrer sua espinha da mesma maneira que sentira quando abriu o convite. Cada passo ressoava como um eco no corredor do tempo, guiando-a em direção ao desconhecido. Seu coração batia forte, e uma mistura de medo e esperança pulsava em suas veias.

CAPÍTULO 3
O sussurro do passado

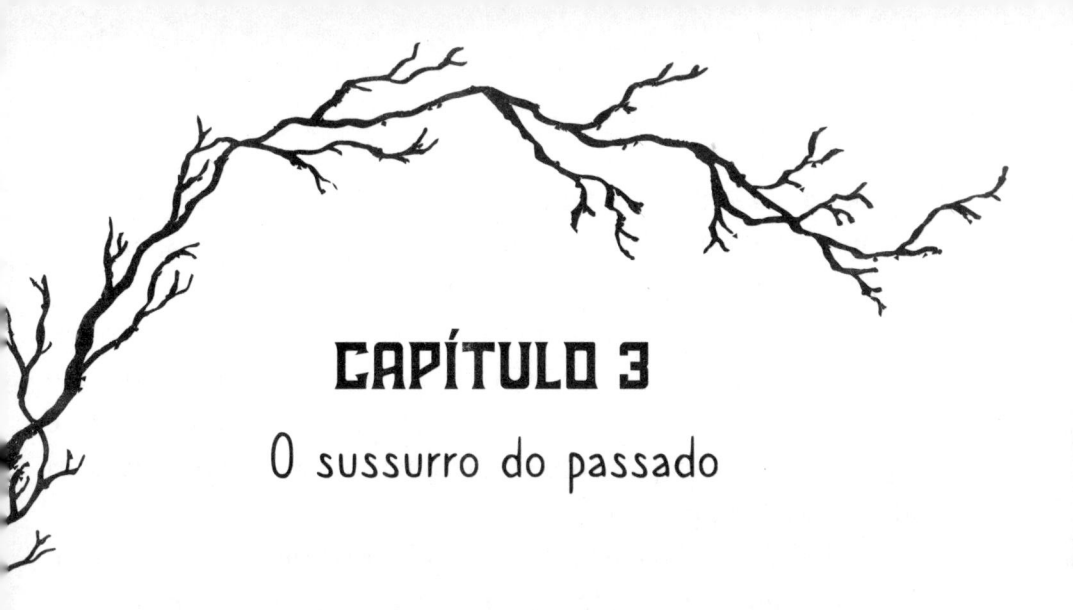

    Abandonando as lembranças que tanto a castigavam, Helena continuou a explorar a casa ancestral. Depois de caminhar por diversos dos cômodos existentes, ela agora havia encontrado uma escada que levava até o andar superior. O lugar parecia ser um sótão ou talvez um quarto sob o telhado íngreme que cobria a construção. Cautelosa, a jovem subiu os degraus da escada apertada, guiada pela luz difusa do celular. Não havia janelas, quadros ou qualquer imagem nas paredes que apontavam o caminho. Quando chegou ao fim, Helena abriu a porta, provocando um rangido estridente. Envolta em sombras e poeira, que pareciam ocultar um santuário de mistérios, a sala abrigava objetos antigos e pertences pessoais dos últimos moradores. O ar parecia mais denso à medida que ela explorava cada objeto. Era como se o próprio ambiente soubesse que algo misterioso estava oculto entre aquelas paredes.

    Alguns metros à frente, bem ao centro do aposento, uma única vela queimava, lançando sombras dançantes nas paredes desgastadas pelo tempo. Como aquela chama iluminava uma casa abandonada há tanto tempo era algo que Helena preferiu não questionar. Talvez alguém tivesse estado ali horas antes para verificar a casa, talvez o próprio autor da carta tivesse acendido o pavio, tentando facilitar a visita. Eram muitas as possibilidades, mas era melhor não pensar e apenas aceitar o que estava à frente.

Helena avançou cautelosamente e fixou o olhar em um objeto que se destacava entre as sombras: um baú antigo adornado com entalhes intrincados. Seu coração continuava acelerado e parecia querer escapar do peito, enquanto ela se aproximava da relíquia deixada pelos ancestrais.

Girando o trinco, ela abriu o baú e revelou um emaranhado de documentos antigos, fotografias desbotadas e objetos que evocavam uma sensação de nostalgia e melancolia. O cheiro era forte, e o pó entrava cortante pelas narinas. Helena começou a manusear os objetos sob a luz da vela, mas não conseguia reconhecer aquelas pessoas. Alguns lembravam a imagem de seu avô, que ela conhecia apenas por fotos, e outros tinham traços faciais semelhantes aos de sua mãe. Ela encontrou títulos de propriedades, notas de compras de objetos que havia visto pela casa e coisas que considerou de pouca relevância. Até que, dentre as fotos que tinha em mãos, uma lhe chamou mais atenção. A imagem mostrava um homem rodeado por médicos e enfermeiros, e Helena supôs ser um de seus antepassados. A foto tinha uma data escrita no verso e uma palavra que naquele momento não significou muita coisa.

Juquery – 1979

Helena guardou a foto em um dos bolsos e continuou olhando os objetos. Quando havia retirado quase tudo de dentro do baú, uma caixa de veludo negro surgiu à sua frente. A menina hesitou antes de abri-la, como se temesse que aquele conteúdo pudesse desencadear alguma reação. Com cuidado, colocou o objeto sobre um antigo balcão que estava no canto da sala e então olhou no seu interior.

Dentro da caixa, repousava um medalhão adornado com um símbolo que Helena reconheceu dos retratos na mansão. Era o brasão dos Blackthorn, mas com variações sutis, as quais indicavam uma linhagem mais antiga e esquecida. Um papel dobrado estava ao lado do medalhão, contendo palavras que pareciam ecoar através do tempo.

Herdeira da casa Blackthorn,

Teu sangue carrega as sombras do passado, e teu destino está entrelaçado com os segredos que aqui repousam. Este medalhão é o elo que une o que foi perdido e o que será revelado. Uma jornada é inevitável, e nela enfrentarás escolhas que moldarão o curso da linhagem Blackthorn.

Guarda este legado com cuidado, pois a verdade que procuras é tanto tua bênção quanto tua maldição. As sombras sussurram, e a casa aguarda que desvendes o véu que obscurece tua história.

A linha do tempo precisa ser cortada e unida em uma nova realidade, só assim o futuro poderá ser modificado.

Com respeito e advertência,
O Guardião

Helena sentiu mais uma vez um calafrio lhe percorrer a espinha enquanto absorvia as palavras. O medalhão, agora em suas mãos, pulsava como se tivesse vida própria. Sua mente ecoava as palavras lidas naquela carta, e seus pensamentos vagavam no espaço, em busca de explicações.

Quem era aquele guardião? Como algo tão misterioso surgiu em sua vida em tão pouco tempo?

Questões como essas só poderiam ser respondidas se ela decidisse seguir o caminho que havia escolhido quando aceitou aquele convite. Se quisesse saber mais sobre seu passado, descobrir tudo sobre a morte dos pais, precisaria se embrenhar naquela teia de segredos e mistérios, não havia outra escolha.

Helena, ainda absorta na descoberta do medalhão e da carta enigmática, viu-se diante de uma porta que desafiava a lógica do espaço. A parede externa da casa não continha sinais de aberturas como aquela, mas ali estava a porta, como um portal para o desconhecido. Ela esticou os braços e tocou na maçaneta. Sob os dedos trêmulos, o objeto frio e empoeirado parecia pulsar em sintonia com as batidas aceleradas de seu coração.

Guiada por uma mistura de curiosidade e apreensão, Helena girou a maçaneta, mas a portão não abriu. A jovem novamente fez o mesmo gesto, com ainda mais intensidade, mas não houve qualquer movimento, e nada de diferente aconteceu.

Por alguns minutos, teve a ideia de procurar por uma chave ou algo com que pudesse forçar a abertura, mas sua procura a busca não obteve sucesso, e era inútil perder mais tempo. Aquela porta parecia esconder algo, mas ela talvez ainda não estivesse preparada para abri-la. Pelo menos foi nisso que a jovem escolheu acreditar naquele momento.

De repente, a casa não lhe parecia tão assustadora, sua escuridão não escondia tantas revelações como havia imaginado. Em relação ao bilhete – pensou ela, pegando o objeto mais uma vez –, este, sim, ainda lhe dava arrepios. Não sabia exatamente por quê, mas as palavras escritas naquele papel transbordavam medo.

"[...] a verdade que procuras é tanto tua bênção quanto tua maldição."

Helena não havia entendido aquela frase por completo, mas tudo indicava que a verdade que estava procurando não lhe traria o conforto que buscava. A morte dos pais, a solidão que enfrentara nos últimos anos não eram frutos de um mero acidente, não eram obras do acaso. Por trás de sua história e por trás da história de sua família havia algo misterioso, algo ocultado não somente dela, mas de todos que a cercavam. Ela já havia suspeitado disso no passado e agora havia decidido acreditar, ir o mais fundo que pudesse para desvendar esse mistério.

Helena passou mais alguns minutos vasculhando gavetas e prateleiras à procura de mais pistas, mas nada foi encontrado. Não havia outros elementos que pudessem trazer alguma mensagem ou indicar rastros sobre o que acontecera com os pais dela, não ali na casa. A carta parecia ter cumprido seu papel e despertado na vida daquela jovem a necessidade de procurar novos esclarecimentos.

Antes de sair da casa, Helena tocou no bolso para conferir se a foto ainda estava com ela. De tudo o que havia encontrado, aquela era a única pista que a jovem poderia seguir naquele momento e talvez o único caminho até a verdade. A moça sabia que não seria fácil, mas não desistiria até saber exatamente o que havia acontecido, ou melhor, o que estava acontecendo.

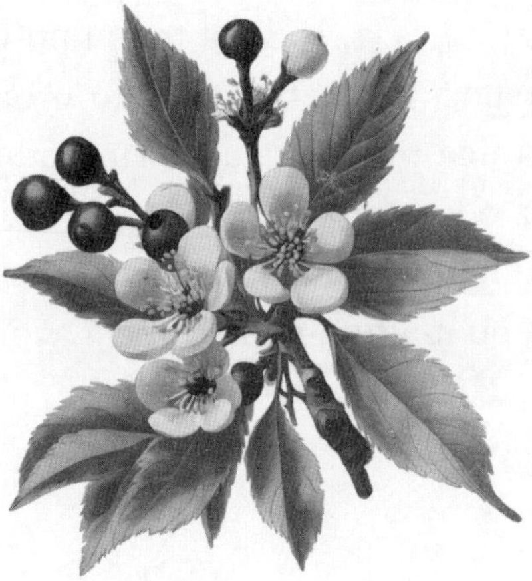

CAPÍTULO 4
Por trás de uma foto

No dia seguinte, Helena estava de volta à vida normal. Chegou ao trabalho às oito da manhã e sentou-se na cadeira em frente à mesa, para analisar alguns projetos. A atividade consistia basicamente em avaliar partes de um projeto grandioso da construtora, dividido entre vários arquitetos, que, juntos, alcançariam o resultado esperado. Ao lado dela, outros colegas que faziam o mesmo trabalho se sentavam atentos a cada etapa, já que o prazo final tinha vencido e muito do projeto ainda estava pendente.

– Caramba! – disse Taís, revoltada. – Eles querem que eu coloque uma fonte no escritório do CEO, mas isso não combina com o restante do projeto. Vai ficar estranho demais.

Taís e Helena sentavam-se lado a lado no trabalho e tinham o costume de conversar não somente sobre os projetos, mas sobre diversos assuntos:

– Eu concordo – respondeu Helena, com uma voz desatenta.

– Como assim, concorda? – reagiu Taís rapidamente. – Concorda com o quê, comigo ou com a fonte?

– Como assim?

Helena estava longe daquela conversa. Seus pensamentos estavam agora na foto que havia colocado sobre a mesa e nos acontecimentos da noite anterior. Tudo parecia uma grande maluquice: uma casa da qual nunca ouvira falar, familiares que nunca tinha conhecido e um ambiente tenebroso eram muitas coisas para processar em uma única noite de sono, considerando ainda que fora curta e maldormida.

– Quem são esses? – perguntou Taís, percebendo o interesse da colega com o objeto que tinha nas mãos.

– Ainda não sei – respondeu Helena –, mas acho que são parentes antigos, ancestrais ou coisa do tipo. Eu achei ontem à noite.

– Que foto estranha. Parece que estão em uma escola daquelas antigas. Parece um hospital também... Você sabe onde é?

– Não sei, não – retrucou Helena, mostrando a foto mais de perto. – Tem uma palavra escrita aqui atrás e uma data. Talvez dê para descobrir de onde é a foto, se eu souber o que significa.

Taís pediu a foto para Helena e leu o que estava escrito assim que esta lhe entregou. Imediatamente, lembrou-se do que sua avó, uma excelente contadora de histórias, compartilhava sobre tempos antigos.

– Eita! – reagiu Taís, surpresa. – Não quero ofender, não, mas acho que esse seu parente aí era meio "pinel".

– "Pinel"? Como assim?

– Doido, com algum problema psicológico – esclareceu ela. Minha vó falava muito para a gente que, se fizéssemos alguma maluquice, nos internaria no Juquery. Não que isso fosse verdade, mas ela sempre falava. Achei que era o jeito de ela falar, mas parece que o lugar existe mesmo.

Helena mais do que depressa digitou algumas palavras em um buscador da internet, que prontamente respondeu à sua pergunta:

O Hospital Psiquiátrico do Juquery foi uma das mais antigas e maiores colônias psiquiátricas do Brasil, localizada no Complexo Hospitalar do Juquery, em Franco da Rocha, São Paulo.

Encerrou as atividades recentemente e organiza a transferência dos últimos pacientes.

– Será que a foto foi tirada ali? – perguntou ela ao ler a informação. – Mas o lugar fechou faz alguns anos, como vou saber?
– Não sei do que se trata – continuou Taís, colocando a mão no ombro de Helena –, mas de uma coisa eu tenho certeza: foi lá que tiraram essa foto.
Taís devolveu a foto, afastou-se e retornou aos afazeres.
Enquanto a colega voltava ao trabalho, Helena pareceu ficar ainda mais pensativa. A visita na casa e agora a informação sobre o hospital psiquiátrico a faziam pensar em tantas possibilidades, que ela quase não conseguiu evoluir no trabalho daquele dia. Esperou até que o expediente terminasse e retornou para casa com o objetivo de pesquisar mais sobre o assunto. Como não tinha familiares próximos nem parentes distantes com quem pudesse comentar o assunto, Helena decidiu que tinha de descobrir as coisas por si mesma. Desde os 15 anos, quando perdera os pais, sua vida era assim, e a realidade é que ela já havia se acostumado com isso.
A casa onde morava ainda era a mesma em que havia vivido com os pais a maior parte da vida. Sempre que chegava em casa, Helena se lembrava dos dois com saudade e carinho. Naquela noite, ela providenciou rapidamente um macarrão instantâneo, para ganhar tempo, e depois se sentou em frente ao computador para pesquisar. Sem nem mesmo perceber, passou a noite fazendo pesquisas e procurando nomes que pudessem ser úteis. Teclou

e clicou por várias horas, até encontrar um médico que havia participado dos últimos anos de funcionamento da instituição. O nome dele era Manzany, e Helena decidiu que ligaria para ele nas primeiras horas do dia seguinte.

Foi o que ela fez.

Antes das nove horas da manhã, a jovem ligou para o médico e pediu ajuda. A princípio ele relutou bastante, mas, depois de Helena muito insistir, o homem aceitou ir com ela até o hospital. Manzany concordou em ajudar, porém tinha apenas uma condição: precisariam ir no fim de semana, já que aquele seria o único horário disponível para ele e o mais fácil para organizar uma visita.

Helena não se opôs, apenas agradeceu e agendou um horário considerando a disposição do médico.

CAPÍTULO 5
Parte do que foi abandonado

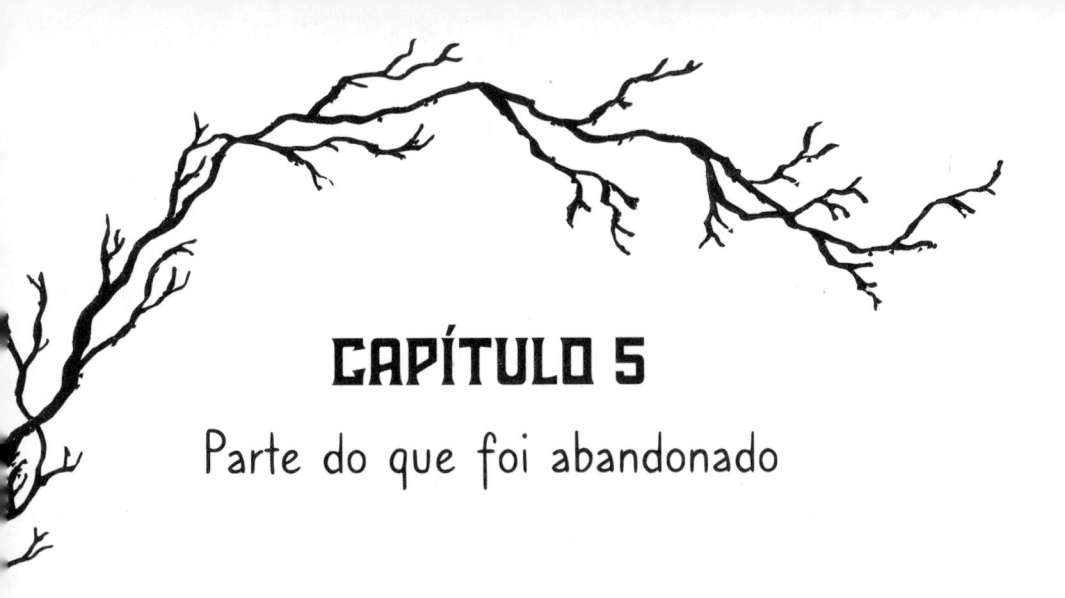

No sábado seguinte, Helena seguiu ao encontro do médico na cidade de Franco da Rocha. O lugar estava muito diferente das imagens que pesquisara na internet. Havia um hospital para atendimento de diversas enfermidades em funcionamento, alguns prédios em construção e placas indicando futuras instalações, como escolas e museus.

Era um complexo imenso, que inspirava pensamentos sobre o passado e sobre como problemas psicológicos e psiquiátricos eram tratados por instituições como aquela. Em suas pesquisas, Helena descobriu que mais de sessenta mil pessoas haviam morrido naquele lugar em 120 anos de existência. Eram casos dos mais impressionantes, com alguns finais felizes e outros muitas vezes trágicos e aterrorizantes.

Muitos livros tinham sido publicados nas últimas décadas contando a história do lugar e, em alguns casos, explorando até mesmo os mistérios que o cercavam. Helena leu também a respeito de um cemitério abandonado e de lendas que rodeavam sua história. Uma sensação estranha brotava em sua mente enquanto pensava em tudo aquilo. Era como se ela tivesse um sexto sentido, como se fosse suscetível a locais como aquele.

– Você deve ser a Helena – disse um homem que se aproximava.

Ela levou um susto, mas logo se recompôs e respondeu ao cumprimento:

– Sim, sou eu mesma.

– Olá, eu sou o Dr. Manzany. Muito prazer!

O médico era um homem alto, com um bigode volumoso e um sorriso estranho, que parecia até mesmo um pouco assustador.

– Muito prazer, doutor – respondeu ela –, e obrigada por me ajudar.

No primeiro contato que havia tido com aquele homem, Helena não sentiu disposição da parte dele para ajudá-la; mas, depois que ela lhe contou mais sobre a própria história, o médico mudou e pareceu um pouco mais interessado. Pelo que tinha entendido, ele fora um dos últimos médicos responsáveis pelo lugar, quando ainda atendia a casos ligados à psiquiatria, e tudo que pudesse envolver o tema lhe atraía a atenção.

– Eu já falei com o pessoal da administração – continuou ele, interrompendo seus pensamentos –, e permitiram que pesquisássemos nos arquivos do hospital a respeito do que quiséssemos. Eu disse que você era parente de algum paciente e que gostaria de conhecer um pouco da história de sua família. Não é comum que autorizem isso sem uma petição ou um mandato, mas, como você me procurou, eu acabei conseguindo.

Mais uma vez o homem sorriu, agora com um evidente ar de satisfação por ter tamanha liberdade. Helena retribuiu o sorriso sem grande entusiasmo e indicou para que seguissem.

– Ah, é claro – disse ele. – Vamos indo.

Os dois seguiram por um caminho de terra entre as diversas construções, até chegarem a uma que se destacava em especial. Ela não estava reformada, mas era talvez a mais conservada de todas. O homem abriu o cadeado e indicou que Helena entrasse.

Eles cruzaram um jardim malcuidado, com braquiárias crescendo entre as flores, e entraram no prédio.

Logo na entrada, estava uma mesa de recepção abandonada e um corredor revestido de ladrilhos. Havia muita poeira no lugar, além de folhas e areia espalhados pelo chão.

– Deve ter ventado bastante estes dias – disse o médico enquanto caminhava.

– É mesmo – concordou Helena.

O médico passou pela entrada e continuou andando até chegar a uma sala identificada por uma pequena placa com a palavra "arquivo" gravada em relevo.

– Eles mantiveram um segurança aqui até alguns anos atrás – disse ele quando chegaram. – Mas, depois que foram colocadas câmeras de segurança, acabaram achando desnecessário manter os gastos e agora confiam apenas nas trancas.

O homem acendeu a luz e cruzou a porta. O lugar era recheado de prateleiras e cheirava a naftalina. Helena o acompanhou até o fundo da sala, em silêncio.

– Eu vou ser bem honesto com você, moça. Eu sinto saudade deste lugar. E não é para menos, pois passei uma grande parte da minha vida trabalhando aqui. Foram mais de trinta anos, sabia?

– Nossa! – reagiu Helena, espantada. – É muito tempo. Como o senhor conseguiu?

– Eu acho que acabei me envolvendo com a vida de cada uma das pessoas que passou por aqui e isso se tornou minha razão de viver. Eu gostava de saber que podia ajudar a mudar a vida de cada uma delas, isso me fazia bem. – Ele fez uma pausa e continuou. – Quando você me ligou, tentei resistir à tentação de retornar aqui, mas de fato não consegui. Ainda bem, estou tendo boas recordações.

Os arquivos estavam organizados em ordem alfabética, por sobrenome. O doutor Manzany pegou uma pequena escada que estava no corredor e subiu para alcançar a última prateleira.

– Se entendi direito – disse –, o nome que procura é Blackthorn, correto?

Helena meneou com a cabeça, concordando.

– Acho que é este aqui – continuou ele, descendo uma caixa de arquivos. – Eu não sei se me lembro dele, mas...

De repente, o médico parou. Seu rosto empalideceu e seus olhos ficaram arregalados, como duas esferas negras. Ele tentou disfarçar, mas era quase impossível fazer isso na sua idade.

– Acho que não tem nada, talvez eu tenha me enganado...

Helena se aproximou e tentou olhar para o que tinha na caixa.

– O que foi? – perguntou ela, surpresa.

Manzany tentou afastar o conteúdo do olhar dela. De repente, ele havia ficado tenso, como se algo ruim estivesse acontecendo. A satisfação demonstrada até aquele momento havia desaparecido totalmente de seu rosto.

– Nada, acho que talvez tenha sido um erro eu vir com você até aqui – desconversou. – Este caso não é comum como os outros, e eu na verdade não me lembrava disso até pegar os documentos.

Com astúcia, Helena retirou a caixa da mão do homem, que, mesmo tentando evitar, acabou cedendo.

CAPÍTULO 6
Acontecimentos obscuros

No interior da caixa, estavam recortes de jornal, documentos e fotos que pareciam ser evidências assustadoras de acontecimentos obscuros.

"Homem se enforca em um dos quartos do hospital Juquery"

"Morte misteriosa no manicômio estadual"

"Testemunhas alegam que homem morto no Juquery praticava magia e sacrifício de animais"

"Suicídio misterioso assusta moradores da região, que fazem corrente de oração nas portas do hospital psiquiátrico"

Entre as diversas manchetes e linhas meio apagadas que lia nos papéis, Helena viu as fotos de um homem com o pescoço pendurado por uma corda, livros com capas estranhamente enegrecidas e símbolos que remetiam a atividades de ocultismo.

Era uma avalanche de informações, e o corpo da jovem começou a tremer. Aquelas imagens, palavras e fotos de pessoas com olhares raivosos penetravam em seu interior como uma lâmina dilacerando suas esperanças. Helena se imaginava transportada para o passado, como se pudesse sentir o medo e a revolta que todos nutriam por um de seus ancestrais. Ela cambaleou por um momento, obrigando o médico a segurá-la. O homem, também assustado, apoiou o corpo da menina nos braços e guiou-a até uma das cadeiras empoeiradas da sala.

– Você está bem – disse ele, abanando seu rosto com um dos envelopes tirados da caixa. – Eu não me lembrei do sobrenome até ver o que tinha na caixa, me perdoe. Acabei me empolgando com sua história e não pensei no sofrimento que essas memórias poderiam lhe causar.

Helena demorou um pouco para se recompor. Feitiçaria, sacrifício de animais, suicídio... Como o passado de sua família podia ser tão obscuro e assustador? Ela não conseguia se lembrar de nenhuma daquelas características no comportamento de sua mãe ou de seu pai. Era como se tudo tivesse sido escondido dela desde o seu nascimento.

– Vamos, querida, acho melhor você sair daqui. Não acho que tenha sido uma boa ideia revirar essa história. Ela perseguiu todos neste hospital, e por muito tempo.

– Como assim? – reagiu Helena, ainda mais assustada. – O que perseguia as pessoas?

– Não – gaguejou o médico –, eu acho que não devemos falar sobre isso.

Helena percebeu que Manzany sabia mais sobre aquela história do que havia lhe falado, e isso despertou mais o interesse dela. Mesmo sofrendo ao ver tudo aquilo, a jovem sabia que não teria outra oportunidade de encontrar a verdade e, por isso, decidiu insistir.

– Como assim não devemos falar sobre isso, doutor? – retrucou ela. – Por favor, preciso que me diga o que aconteceu.

Manzany já não era mais jovem e não queria reviver alguns assuntos de seu passado. Aquele era um dos casos que decidira esquecer e nunca mais falar sobre. Na sua idade, assuntos como aquele reabriam feridas há muito tempo cicatrizadas.

– São coisas desagradáveis e muito estranhas, senhorita Helena – disse ele, cauteloso. – Você precisa entender que, no passado, manicômios eram lugares difíceis de controlar e não existiam tantos recursos como os que existem hoje.

– Pare de tentar me enrolar, doutor – respondeu ela, agora mais recuperada. – Eu não vou desistir de saber sobre o que aconteceu aqui. Eu não vou desistir até descobrir o que aconteceu com os meus pais.

Manzany parou por um instante. Em seus olhos, o médico demonstrava naquele momento o arrependimento que sentia por ter aceitado ajudar aquela menina. Ela parecia uma pessoa gentil e amigável, mas a história de sua família era trágica e tenebrosa. Ele pensou em desviar o assunto ou quem sabe simplesmente sair sem qualquer explicação, mas era evidente que Helena estava determinada e não desistiria de sua busca enquanto não encontrasse o que estava procurando. Seu olhar ficara visivelmente decidido, e isso o fez ceder.

– Eu era jovem quando tudo aconteceu – começou ele –, tinha acabado de entrar no Juquery.

Helena se ajeitou melhor na cadeira para poder ouvir com atenção.

– Este homem da foto havia chegado ao hospital fazia alguns anos e estava praticamente terminando a reabilitação. Eu não fazia parte da equipe que cuidava daquela ala, mas eles comentavam nas refeições que os tratamentos iam muito bem e que o senhor Blackthorn até mesmo auxiliava outros pacientes.

Ele fez uma pausa e continuou.

— Nós tínhamos muitas atividades aqui, ensinávamos profissões, esculpíamos imagens em pedra, pintávamos quadros e até criávamos animais. Cavalos principalmente. Eram criaturas dóceis que ajudavam em trabalhos na fazenda e que eram a maior fonte de renda para o complexo. Os pacientes em tratamento eram envolvidos nestas atividades para ajudar na recuperação e tinham liberdade de ir e vir sem qualquer monitoramento. Só que, um dia, um dos nossos cavalos simplesmente desapareceu, era um dos menores, ainda jovem, e coisas estranhas começaram a acontecer. Nós procuramos por vários lugares, verificamos se havia cercas cortadas, predadores ou buracos ocultos onde ele pudesse ter caído e mesmo assim não encontramos o animal.

Helena estava atenta às palavras do médico.

— Até que dois dias depois um cheiro muito forte de podridão ocupou o complexo; eu me lembro até hoje daquele odor fétido e azedo. Nós começamos a procurar e então encontramos o cavalo. Ele estava sobre uma lápide, no antigo cemitério do manicômio, com velas ao redor e a barriga aberta, expondo a maioria dos seus órgãos internos. Aquele era evidentemente um cenário de feitiçaria, mas nós não quisemos acreditar. Algumas pessoas nem sequer ousaram chegar perto quando souberam do ocorrido, apenas alguns dos enfermeiros mais corajosos recolheram tudo para que tentássemos retomar a vida normal.

— Porém, logo depois desse dia, começaram as mortes — continuou o médico. — Foram cinco seguidas, todas caracterizadas como suicídio. Os olhos daquelas pessoas, eu não consigo esquecer, transmitiam desespero e muita dor.

Manzany estava visivelmente abalado, aquelas lembranças tristes e perturbadoras, há muito tempo esquecidas em sua memória, pareciam jorrar como água de uma fonte recém-aberta.

– Nós tentamos encontrar um motivo, tentamos descobrir o que poderia estar causando aquelas mortes, mas os corpos continuavam a aparecer, dia após dia, noite após noite. Eram pessoas boas e sem grandes problemas psiquiátricos, mas pareciam estar sendo afetadas por alguma coisa, alguma crença, algum objeto ou, quem sabe, algum tipo de magia. – Seus olhos estavam lacrimejando, e ele tentou enxugá-los com a parte de trás de uma das mãos. – Eu era jovem, não sabia o que fazer.

Helena se levantou e segurou no braço do médico. Não sabia se essa sua atitude ajudaria, mas era o que conseguia fazer naquele momento.

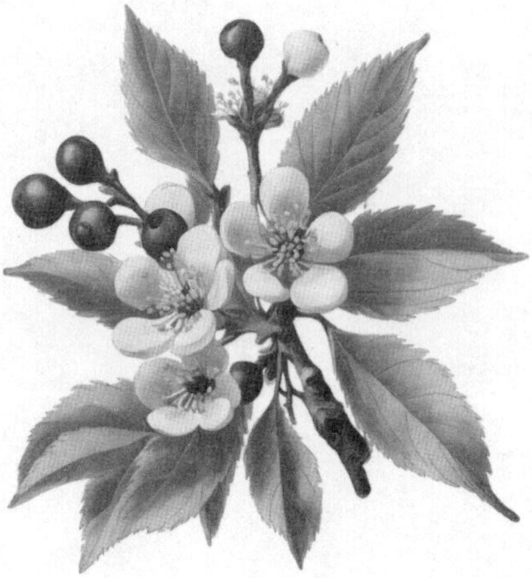

CAPÍTULO 7
Respostas incompletas

A tarde já avançava enquanto os dois ainda conversavam sob as luzes amareladas das antigas instalações.

– E o que aconteceu com o meu ancestral, o Blackthorn? – perguntou Helena. – Vocês conseguiram descobrir?

– Esse na verdade é o grande mistério. As mortes não paravam; por mais que monitorássemos os pacientes, fizéssemos rondas e vigias, pessoas continuavam morrendo, uma a uma – respondeu o médico. – Então, mais de dois meses depois que as mortes haviam começado, o paciente 732, como era chamado o seu ancestral, desapareceu. Foi em uma noite fria de Lua Cheia, eu me lembro como se fosse hoje. Temendo o pior, começamos a procurá-lo por todos os lugares. Eu, outros médicos e alguns enfermeiros passamos horas buscando. Depois de rodarmos por todos os lugares, cada um dos quartos e das salas do hospital, um dos médicos teve a ideia de ir até o túmulo, o mesmo no qual o cavalo foi encontrado. E ele estava lá; o paciente 732, sobrenome Blackthorn, estava lá, pendurado pelo pescoço em uma das árvores que ficavam ao redor do túmulo.

Helena se afastou um pouco do médico e olhou através da janela. De alguma maneira que não conseguia explicar, a imagem que o médico descreveu formava-se quase nitidamente em sua cabeça. Era como se ela já tivesse visto a cena em sonhos ou em um passado distante, do qual não conseguia se lembrar.

— Depois da morte dele — terminou Manzany —, os suicídios misteriosamente pararam, e nunca mais tivemos nenhum episódio parecido.

O homem se calou, e por alguns segundos nenhum dos dois ousou se pronunciar. A história macabra e inexplicável era assustadora e não esclarecia em nada as diversas questões que Helena carregava consigo por muito tempo.

— Eu só não entendo o porquê — disse ela, enfim. — Por que ele fez isso? Por que todos eles fizeram?

Manzany olhou para a menina, angustiada e esperando por respostas, e percebeu que não tinha nada para lhe falar. Tinha aceitado aquele pedido sem qualquer pretensão e principalmente sem imaginar que chegariam até aquele ponto. Desde que havia se formado médico, ele tinha uma missão pessoal de ajudar pessoas com pensamentos como aquele, fizera isso por toda a vida e, agora, de frente com Helena, não conseguia fazer diferente.

Há décadas não tinha sido capaz de ajudar as pessoas que haviam morrido daquela forma trágica, mas talvez aquela jovem ele pudesse ajudar.

— Existem alguns relatórios médicos — contou o doutor, enquanto caminhava para o fundo da sala. — Talvez tenha alguma explicação. Não podemos esperar muito, mas podemos tentar.

O homem se demorou por alguns instantes e retornou com um antigo fichário de pacientes em formato de caderno e com uma capa preta e branca.

— Aqui existem alguns laudos sobre o seu parente antigo, talvez possa ajudar...

Helena tomou o livro da mão de Manzany e folheou-o com voracidade.

O livro apresentava conversas, relatórios sobre o estado de saúde de Antony – ela descobrira naquele momento que o nome do homem era Antony Blackthorn –, algumas de suas entrevistas. A jovem leu muitas páginas até encontrar algo que parecia útil.

> No dia de hoje, o paciente 732 relatou que é perseguido por uma maldição. Uma maldição que dura há gerações e que não permite àqueles nascidos de sua linhagem dividir a vida além de um período curto e específico.
> Ele não disse detalhes, não se referiu a nomes ou explicações sobre como funcionaria esta suposta maldição, mas disse que sabia como desfazê-la e que libertaria a todos.
> Ao fim, contou que não podia falar deste assunto, recomendou que eu esquecesse e nunca comentasse o ocorrido.
>
> Juquery, 7 de janeiro de 1984

Helena pegou o celular e bateu uma foto daquele trecho. Ela não havia entendido plenamente do que se tratava, mas era uma pista, mais uma pista no caminho de suas pesquisas. Um período curto e específico... por um instante, a jovem se lembrou de que seus pais haviam partido quando fizera 15 anos e o texto talvez não fosse uma mera coincidência. Se a morte acompanhava sua família por gerações, talvez a causa estivesse realmente além da compreensão humana.

Helena continuou a procurar, mas, depois disso, não encontrou novas informações que lhe pudessem ser úteis. Por volta das vinte horas, com a noite já ocupando todo o céu, os dois saíram do prédio em direção ao portão principal e depois ao estacionamento. Helena agradeceu ao médico sem muito entusiasmo, porém com uma sinceridade genuína. Mesmo com aquela história sendo incômoda, ela era real, uma história verdadeira de sua família, e isso lhe trouxe a sensação de dever cumprido.

Manzany sorriu aceitando o agradecimento e lhe disse algumas palavras:

– O passado deve ser lembrado e usado como ensinamento, mas nunca deve ser revivido – disse ele. – Reviver o passado pode levar a um futuro de tristeza e arrependimento.

Helena ouviu as palavras dele e sorriu forçadamente. Não precisava de frases bonitas ou mensagens subliminares, precisava descobrir a verdade.

CAPÍTULO 8
Um complexo quebra-cabeça

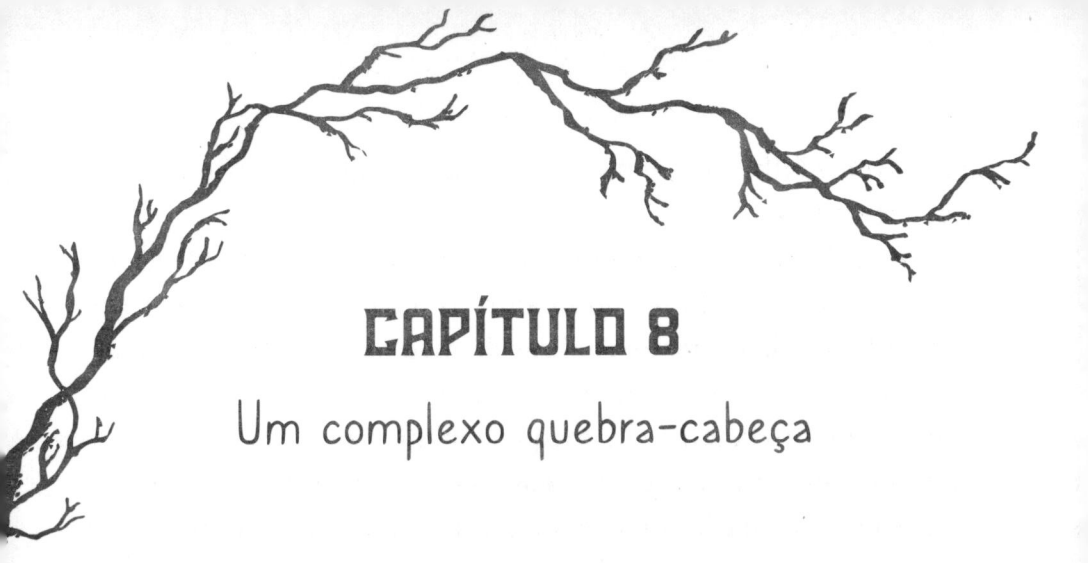

Nos dias e nas semanas que se passaram após a visita ao antigo hospital psiquiátrico, Helena tentou juntar as peças desse complexo quebra-cabeça. A visita à casa de seus ancestrais, os objetos e as fotos que havia encontrado, os acontecimentos terríveis com os quais Antony tinha se envolvido no antigo manicômio, nada parecia se encaixar nas teorias dela. Por mais que a jovem tentasse conectar os pontos e entender a que se referia aquela maldição citada por seu ancestral durante as entrevistas, tudo parecia exagerado demais para a sua realidade.

Em seu entendimento, maldições eram coisas de filmes ou, talvez, de seitas paranoicas que acreditam em teorias como a da Terra plana ou em músicos alienígenas. Não era possível que aquelas histórias fossem verdadeiras e nem mesmo que guardiões milagrosos existissem.

Certo dia, cerca de duas semanas depois do episódio, a jovem pegou o medalhão e o estudou com cuidado. Ele tinha um formato circular e a imagem de um galho com folhas e frutos no centro, além de um arco entalhado nas bordas. Helena chacoalhou o objeto, tentou abri-lo, esquentar, molhar, e nada aconteceu, nada ficou diferente. Ao fim, impaciente com o resultado, jogou o medalhão em uma das gavetas da sala e se esqueceu de que ele existia.

Um retrato sobre a mesa, no qual Helena estava abraçada com os pais, a lembrava do quanto os dois faziam falta em sua vida. Ela queria ter visto os olhos da mãe na formatura da faculdade, orgulhosa de sua conquista, feliz por ter compensado todo o investimento de uma vida naquela menina teimosa e pouco estudiosa. Queria que eles presenciassem seu primeiro trabalho, seu primeiro salário. Queria poder ajudar o pai com as contas de casa e ter discussões sobre gastos exagerados, assim como os amigos diziam ter com seus parentes. Parecia algo simples, mas ela queria que estivessem lá. Porém, eles não estavam. Não estiveram ali naqueles momentos especiais e não estavam agora, quando ela desejava olhar ambos nos olhos e lhes agradecer.

Eram passagens importantes de sua vida em que a presença dos pais fora marcada por ausência e saudade. Algumas vezes, Helena chegou a se considerar egoísta, alguém injusta e incompreensiva com pessoas que haviam perdido a vida cedo demais. Em outros momentos, não tinha qualquer remorso e culpava os dois por todos os problemas que surgiam pelo caminho. Mas o fato era que quase todas as noites Helena revivia a dor daquela perda.

Então, o tempo, mestre de todas as coisas, passou. Às vezes rápido e tranquilo, outras vezes lento e doloroso, até chegar o dia que, por alguma razão, a jovem que tanto sentia a falta dos pais e tanto se esforçara para descobrir o mistério por trás daquele triste acontecimento se sentiu cansada.

Sem conseguir conter suas emoções, Helena chorou, chorou suas últimas lágrimas de tristeza, chorou suas últimas lágrimas de saudade.

CAPÍTULO 9
Tempo ao tempo

Dezoito meses foi o tempo necessário para que toda aquela história aos poucos fosse ficando para trás. Com a ajuda de alguns remédios e visitas regulares a psiquiatras e psicólogos, a angústia de Helena foi lentamente dando espaço a uma vida simples e com muitas novidades. Um projeto no trabalho, uma viagem de negócios, inaugurações, *happy hours*... Helena foi se tornando cada vez mais uma pessoa sociável.

Seu universo de amigos aos poucos foi aumentando, recebeu promoções, conheceu pessoas e encontrou alguém especial.

Foi durante uma das viagens para apresentação de um projeto no shopping de uma cidade no interior de São Paulo. Tudo tinha corrido bem na reunião com os clientes, e o time resolveu comemorar o resultado. O Sol já estava se pondo quando todos chegaram ao pequeno bar em uma rua do centro da cidade. Eles conseguiram uma boa mesa, com vista para um palco improvisado, onde um músico se preparava para uma apresentação.

Helena tinha um instinto apurado para homens e não reparou no artista principal, mas, sim, no jovem que preparava os aparatos eletrônicos do cantor. Jefferson era um cara simples, alguém sem muita ambição, mas um excelente conquistador. Daqueles à moda antiga, romântico e com uma boa "pegada".

– Oi – disse ele se aproximando assim que percebeu os olhares dela –, será que posso te pagar uma bebida? Não sei o que estão comemorando, mas, considerando o seu sorriso, deve ser algo muito especial. Gostaria de participar.

Helena normalmente não daria bola para uma cantada de bar, mas alguma coisa naquele homem parecia especial, diferente.

Eles passaram a noite conversando, falaram sobre a vida, o trabalho e, quando perceberam que o local estava prestes a fechar, trocaram alguns beijos. A partir daí, não se desgrudaram nunca mais.

Cerca de 150 km separavam a capital e a cidade onde Jefferson vivia, e isto inegavelmente atrapalhava o relacionamento. No início, devido à distância e aos afazeres do dia a dia, parecia que aquela história não daria certo, porém, com o passar das semanas, os dois pareciam muito dispostos a investir na relação.

Eles se alternavam nas viagens e sempre sentiam falta da companhia um do outro. Helena, que não tinha os pais vivos, estranhava um pouco quando encontrava a sogra e outros familiares do namorado, mas, mesmo assim, ficava feliz em ter pessoas próximas.

Com três meses de namoro eles tiveram uma briga, uma crise de ciúmes de Jefferson com um amigo do trabalho que viajou com Helena em uma de suas apresentações fora do estado. Algo sem fundamento, mas que rendeu duas semanas de separação.

– Você não me disse que ia viajar com um homem, eu preciso saber destas coisas, não está certo! – comentou Jefferson, no ocorrido.

– Eu não sou obrigada a te falar tudo que eu faço – respondeu Helena. – Você não é meu dono, e eu não lhe devo satisfação nenhuma!

– Quer dizer que você faz o que quer, na hora que quer... – disse ele, quase gaguejando. – Como se eu não existisse.

– Para de drama, não foi isso o que eu falei.

A discussão avançou por algumas horas e, depois de falas impensadas e orgulhos feridos, os dois decidiram se afastar.

No começo do período separados, o trabalho e as atividades até que preencheram o espaço, mas, depois do décimo dia, as lembranças da discussão pareceram fúteis e sem importância.

No 17° dia, o celular de Helena mostrou uma mensagem na tela:

> Oi, vc tá bem?
>
> Tô, e vc?
>
> Saudade... :(
>
> Também! :)

Helena sorriu e sentiu um alívio no coração. Por mais que tentasse se enganar, ela gostava mesmo daquele cara!

Eles retomaram o relacionamento depois daquele dia e seguiram juntos até o casamento. A jovem Helena ainda tinha episódios de tristeza, lembranças dos pais e das histórias que ela tinha descoberto na investigação. Havia dias em que o mundo parecia pesar sobre seus ombros, e ela se sentia pressionada, solitária, como se não conseguisse suportar os acontecimentos que surgiam no caminho. Nestes dias, a presença do noivo era uma das formas de conter tamanho desespero.

Quatro anos após o primeiro encontro, depois daquele bate-papo no bar e os beijinhos no fim da noite, os dois subiram ao altar e firmaram seus votos de amor para toda a vida.

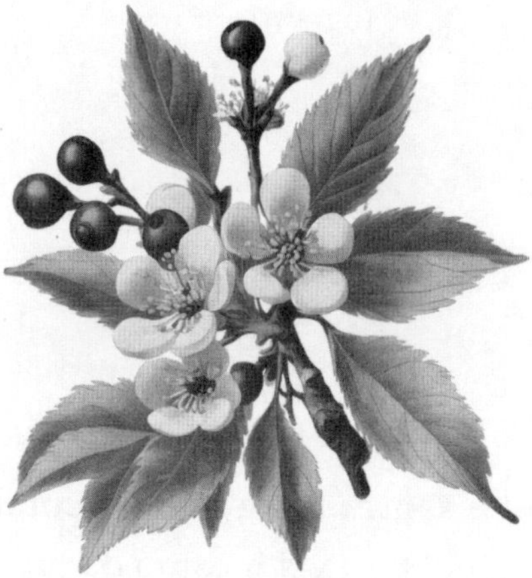

CAPÍTULO 10
Uma noite sombria

Certa noite, Jefferson estava dormindo e despertou com sons estranhos no quarto. Ele correu a mão até o interruptor e acendeu a luz do abajur que ficava ao lado da cama.

Os sons vinham da esposa, e ele não soube como reagir no início. Helena suava muito ao seu lado e, além disso, o lençol e a fronha do travesseiro estavam molhados, como se alguém tivesse derrubado um copo de água sobre eles.

– Não! – ela gritava entre grunhidos e gemidos. – Eu não vou deixar que isso aconteça, não vou deixar!

Jefferson ficou estático, observando a esposa, e não sabia se podia acordá-la ou não. Já tinha ouvido falar que era perigoso acordar pessoas que estivessem tendo pesadelos ou sonhos agitados, e a dúvida pairava em seu interior.

Sob as pálpebras do rosto, os olhos de Helena se mexiam rápida e intensamente. Aquele movimento chegava a ser assustador.

– De novo não! Já chega, vocês já não nos castigaram o suficiente? – ela gritava com palavras mal pronunciadas. – Até quando isso vai durar, até quando vamos pagar este preço?

Desesperado, Jefferson tentou chacoalhar o corpo da esposa. Ele começou pelos braços e, não obtendo resultado, passou para os ombros. Não conseguia acordar Helena nem tirá-la do transe.

De repente, um brilho surgiu na porta entreaberta do guarda-roupa, um brilho tênue, mas forte o suficiente para que Jefferson pudesse perceber. Ele se levantou e com cuidado abriu a porta do guarda-roupa. Ali dentro, o brilho era mais intenso, mais visível. Ele abriu uma gaveta de roupas da esposa: dentro dela havia um celular e, ao lado, dele um medalhão. Era um objeto antigo, que ele nunca havia visto no corpo de Helena nem mesmo solto em algum lugar da casa. Ele olhou para a esposa, que agora pronunciava palavras impossíveis de distinguir, e tentou pensar no que fazer. Sua mão tremia, nunca na vida tinha presenciado um comportamento daquele tipo de ninguém com quem havia convivido.

Ainda sem entender, Jefferson continuava observando aquela cena. Por mais que tentasse acordar Helena, nada parecia funcionar, e agora ainda havia aquele objeto estranhamente iluminado. Era como se estivesse recebendo um sinal, sendo guiado pelo acaso.

Como se por instinto, Jefferson pegou o medalhão pela corrente e o levantou até a altura do rosto. Ele agora girava de um lado para outro, como se alguma força invisível o movimentasse. Aos poucos o rapaz percebeu que, quanto mais próximo de Helena, mais rápido o objeto se movimentava. Era como se a jovem e o objeto estivessem de alguma forma respondendo um ao outro, como se tivessem alguma conexão.

Jefferson caminhou até a esposa com o coração saltando no peito, com os olhos arregalados e as mãos tremendo. Ele aproximou o medalhão do peito de Helena e o depositou sobre a blusa do pijama dela, molhada de suor. Depois, pousou a mão da esposa sobre o objeto, pressionando-o sobre seu peito.

Imediatamente o medalhão parou de girar, e as palavras ditas por Helena cessaram por completo. Aos poucos, a respiração foi se normalizando e os olhos parando de se movimentar. Depois de pouco mais de dois intermináveis minutos, a jovem acordou.

– Por que você acendeu a luz? – Foram as primeiras palavras dela.

O medalhão no peito de Helena estava parado, e seu rosto parecia normal, como se nada tivesse acontecido.

– Você estava falando... e gritando... – disse Jefferson, com palavras entrecortadas – e o medalhão... estava no guarda-roupa... eu...

– Esta coisa velha! – respondeu ela, tirando o medalhão do peito e se levantando. – Não sei por que ainda guardo.

Ela foi até o guarda-roupa e colocou o objeto de volta na gaveta.

– É da minha família, mas não mexo com ele há muito tempo. – Ela esticou um pouco a roupa e completou. – Acho que devo ter comido alguma coisa que me fez mal, suei demais esta noite.

– Você não se lembra de nada? – perguntou Jefferson. – De um sonho ou pesadelo, de qualquer coisa que estava acontecendo com você agora há pouco?

– Não – respondeu ela –, que coisa?

– Você falou algumas coisas e fez sons estranhos – retrucou ele. – Achei que estava passando mal.

– Não se preocupe, querido. Eu às vezes falo à noite, sim, é uma coisa que acontece desde quando eu era criança, não precisa se preocupar.

O episódio daquela noite deixou Jefferson assustado por alguns dias. Nos primeiros, ele acordava de sobressalto durante a madrugada, imaginando que algo pudesse estar acontecendo, mas não havia nada para ver. Tudo estava normal, tudo como sempre fora. Em outros, nem sequer dormia, e ficava observando a esposa por vários minutos, para garantir que ela ainda estava respirando. Não chegou a comentar sobre o assunto com ninguém, mas se sentia como um homem paranoico.

Exatos quinze dias depois daquela noite, Helena descobriu uma novidade e logo providenciou um ambiente especial para contar tudo ao marido. Ela havia chegado mais cedo do trabalho e andava de um lado para o outro sem parar, enquanto esperava pelo companheiro.

— Nossa, que demora! — resmungava a cada dois minutos. — Desse jeito só vou conseguir contar amanhã.

Helena alternava sorrisos e expressões de raiva enquanto aguardava Jefferson, naquele período de tempo que parecia não passar.

Depois de quase uma hora, ela ouviu o barulho do carro parando na garagem. Sem demora, correu até a sala e esperou posicionada exatamente entre as bexigas e serpentinas que havia preparado.

O som da buzina ligando o alarme foi ouvido e, na sequência, o barulho da chave girando na porta. Jefferson tirou os sapatos na entrada, deixou a mala com o notebook sobre a pequena mesa do corredor e surgiu à frente de Helena. Assim que o marido apareceu, ela sorriu e estendeu a mão com um papel em sua direção.

— Parabéns! — disse, sorrindo e batendo palmas.

Jefferson retribuiu o sorriso e abriu o papel para ler o que estava escrito.

— Você vai ser papai! — gritou ela, antes mesmo que ele pudesse ler. — Vamos ter um bebê!

Jefferson sorriu novamente, desta vez com mais intensidade, e logo abraçou a esposa, girando-a.

— Nossa! — exclamou ele, parando de repente. — Eu posso te girar assim? Não vai machucar o bebê?

— Claro que não, seu bobo! — respondeu ela, dando outra risada. — Ele ainda é muito pequeno.

CAPÍTULO 11
Primeiros passos

Antes de completar 1 ano, Beatriz já dava seus primeiros passos.

Uma criança linda, inteligente, um orgulho para os pais, que não paravam de sorrir com qualquer traquinagem que a pequenina aprontava. O pai era o mais coruja, repetia para todos os amigos que a filha era parecida com ele em todos os aspectos e que, por conta disso, era bela como uma princesa. Helena sempre contradizia, alegando que, se fosse parecida com ele, a menina jamais seria bonita e muito menos uma princesa. Afirmava que a pequena Beatriz era como ela na infância e provava isso mostrando fotos e filmagens antigas.

Não havia certo ou errado naquelas afirmações: Beatriz tinha traços do pai e da mãe, era bonita e muito inteligente, isso ninguém podia negar.

Aos 5 anos, já mais independente e com vontade própria, a pequena princesa da família aprendeu a ler suas primeiras letras. Jefferson havia comprado um livro com trinta histórias para dormir e toda noite lia uma para ela antes de apagar as luzes. Ele se surpreendeu na noite em que a filha começou a ler uma das fábulas antes mesmo que ele entrasse no quarto. Jefferson gritou chamando Helena, que chegou ofegante para ver o motivo de tanto alarde.

– Mostra para a mamãe – disse ele, ansioso –, mostra que você já saber ler a historinha.

– Era... uma... vez... uma... coruja...

Helena sentiu um orgulho genuíno ao ver a filha lendo as primeiras palavras. Uma semente pequenina que havia brotado em seu ventre era agora uma leitora. Jamais imaginaria na vida que aquilo pudesse acontecer. Sua vida era maravilhosa, sua casa era tudo o que havia sonhado e sua família era mais do que poderia merecer.

De repente, enquanto nutria esses pensamentos tão especiais, Helena sentiu um apagão e segundos depois se viu no chão, amparada pelos braços do marido e com a filha deitada em seu ventre.

– Ei, tudo bem? – perguntou Jefferson.

– Tudo – replicou ela olhando ao redor. – O que aconteceu?

– Não sei, você estava na porta, sorrindo e vendo a Beatriz ler o livro. Mas de repente você foi abaixando, escorregando pela moldura da porta, e então se deitou no chão. – O marido estava aflito. – Você não se lembra?

– Não – respondeu Helena, pensativa. – Estava tudo bem, eu me lembro da leitura, mas depois eu vi você e já estava no chão.

– Quer que eu a ajude a se levantar? – perguntou ele.

– Não, eu acho que consigo.

Helena se levantou e imediatamente Beatriz agarrou se em suas pernas.

– Tá dodói, mamãe? – questionou a menina com uma voz carinhosa.

Ainda um pouco zonza pela queda, Helena sorriu e retribuiu o abraço da filha:

– Não, filha, a mamãe está bem – disse ela. – E muito orgulhosa da minha nova leitora.

Nas semanas seguintes, Jefferson não poupou tempo e ligações para marcar exames e tentar encontrar alguma causa possível para aquele episódio. Helena foi a médicos, conversou com especialistas, fez ressonâncias e exames de sangue, mas nada foi encontrado.

A mulher tinha uma saúde de ferro, mesmo depois de ter passado por aquele episódio estranho de ausência e esquecimento.

Ao fim de uma investigação cansativa e inútil, ambos concordaram em retomar o tratamento com o médico que acompanhara o caso de Helena alguns anos depois da morte dos pais. Ele era um bom profissional e a havia ajudado muito nos períodos em que aquela perda mais havia lhe impactado.

A partir deste dia, Helena passou a frequentar as consultas com regularidade e a aplicar o tratamento que ele havia indicado. Por um tempo, os apagões e esquecimentos desapareceram, e tudo pareceu voltar ao normal.

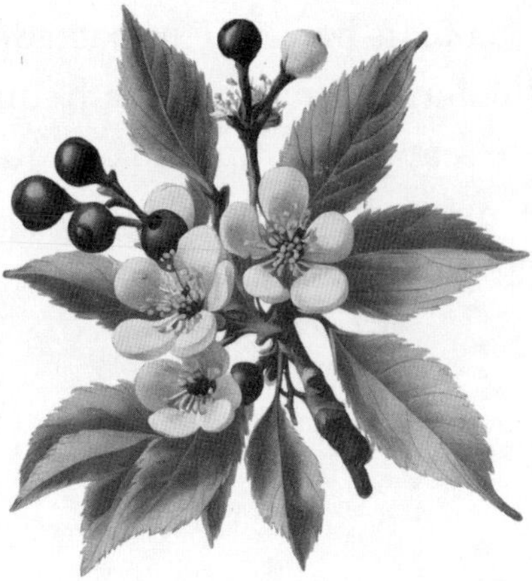

CAPÍTULO 12
Adolescência e juventude

Os anos se passaram, enquanto Beatriz crescia saudável e inteligente. A menina, que um dia instigara a disputa dos pais por similaridade, agora já tinha sua personalidade definida e uma visão sobre o futuro que chegava a impressionar. Porém, foi neste mesmo período da vida da família que os episódios estranhos de Helena aumentaram em intensidade e quantidade.

Por mais que tentasse, Helena não conseguia descrever em palavras o que lhe causava tamanho desespero nas vezes em que seus apagões aconteciam. Era uma sensação de angústia que permanecia sempre que retomava a consciência e se reencontrava com o mundo em volta.

A lembrança dos pais havia retornado, e os sentimentos de perda e tristeza eram ainda maiores que antes. Ela se sentia presa a uma corrente, como se fosse impossível caminhar ou se desvencilhar daquele fardo.

Os apagões não deixavam imagens nem sons que pudessem ser armazenados em sua lembrança, e esse era justamente o maior mistério que a intrigava. Era como um sono repentino que a possuía de forma incontrolável e se estendia às vezes por dez, quinze, chegando em alguns casos até a vinte minutos.

Estranhamente, Helena não caía ou se machucava durante este período, ela apenas se debruçava ou se deitava em algum lugar, perdia a consciência e o contato com a realidade.

Em novas consultas com médicos mais especializados, a mãe de Beatriz chegou a refazer vários exames, à procura de distúrbios neurológicos e doenças como Parkinson ou demência de corpos de Lewy, mas sua morfologia era perfeita, e não havia causas aparentes para aqueles sintomas.

O ânimo só era reabastecido quando fazia atividades ligadas a Beatriz. A menina era sua força e seu alento todos os dias que estavam juntas, uma conexão tão intensa, que chegava até mesmo a mudar sua aparência. Alguns colegas do trabalho achavam isso tão evidente, que conseguiam distinguir pelo comportamento de Helena como estava o dia a dia com a família.

Jefferson era muito parceiro e acompanhava as consultas sempre que possível. Era visível o sofrimento da esposa, e ele tentava amenizar a tristeza dela por meio de viagens e gestos de apoio.

Nesta etapa, a pequena Beatriz também já escolhia suas roupas, seus amigos e suas programações. Estava mais independente, sabia o que queria e deixava isso bem claro nas conversas que tinha com os pais. Não de maneira direta ou agressiva, apenas com atitudes e opiniões.

Um exemplo disso foi sua insistência para participar de um grupo de skate que treinava atletas para competições amadoras e até mesmo olímpicas. Helena apoiou a filha quando ela decidiu participar e a acompanhava em todas as competições. Era sua maior fã e vibrava a cada manobra que a filha realizava.

Na primeira vez que Beatriz competiu em uma pista profissional, Helena sentiu o coração palpitar no peito, de tanto nervosismo e emoção. A altura das rampas era assustadora, e os saltos e as manobras pareciam perigosíssimos, pelo menos para ela.

Já Beatriz parecia ter nascido para aquela atividade, pois não sentia medo, e se deslocava como uma verdadeira skatista.

Em pouco mais de cinco minutos, a pequena atleta usou e abusou dos recursos da pista. Realizou algumas manobras obrigatórias e outras que ela mesma criou. Com 12 anos, parecia uma profissional, como aquelas que a mãe assistia na televisão. Helena comeu metade das unhas, mas o nervosismo valeu a pena quando a filha foi declarada vice-campeã. Segunda colocada em sua primeira participação. Helena não cabia em si de tanto orgulho e amor por aquele pedaço de gente que havia produzido em seu interior.

– Parabéns, filha! – disse, abraçando a menina, quando esta saiu da área de competição. – A mãe te ama demais!!!

– Para, mãe! – respondeu a menina, envergonhada. – Tá cheio de gente aqui!

Jefferson não era de falar, mas seus olhos se enchiam de lágrima sempre que coisas desse tipo aconteciam.

Tudo ia muito bem com a família, mas essas emoções, mesmo que boas e felizes, não conseguiam anular os episódios que tanto assustavam.

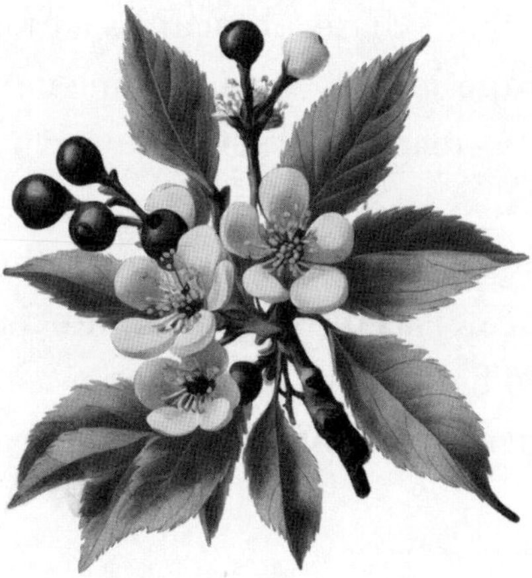

CAPÍTULO 13
Uma futura arquiteta

Três meses antes de Beatriz completar 15 anos, Helena não conseguia mais trabalhar. Os sedativos que utilizava para conseguir manter suas atividades sem episódios de ausência eram tão fortes, que prejudicavam seu desempenho em quaisquer atividades que tentava executar.

Dois meses antes, ela já permanecia a maior parte do tempo dentro de casa, e sua preocupação com os acontecimentos que via em programas de televisão e redes sociais acabava consumindo grande parte de seus pensamentos.

Um mês antes, Helena já não parecia mais a mesma pessoa. Estava diferente, muitas vezes parecia ausente da realidade e outras nem sequer era parte da mulher que todos haviam conhecido.

A filha já estava prestes a se tornar uma mulher e auxiliava a mãe sempre que podia, em suas tarefas externas, na organização dos assuntos da família e em todos os trabalhos de casa. Além disso, tinha um desempenho muito bom na escola e nos esportes. Jefferson estava sempre próximo e era um apoio sólido para as duas.

Certo dia, neste mesmo período, Helena estava preparando um café da manhã para a filha, foi quando as duas iniciaram uma conversa sobre possíveis profissões. Beatriz ainda falava em ser atleta, mas sem renunciar aos estudos e à possibilidade de uma formação profissional. Algo do qual ela gostasse e que poderia intercalar com as competições para ganhar dinheiro. Entre as profissões que discutiam, estavam professora, engenheira ou arquiteta, assim como a mãe.

– Eu acho muito legais os projetos que você faz, mãe – disse a menina, apoiando-se na mesa da cozinha. – Talvez eu seja arquiteta também.

– Que honra, filha, eu ficaria muito feliz. Acho que você levaria jeito, já que é boa nas matérias de Exatas – ponderou Helena. – Mas e o skate, não vai querer competir?

– Claro que vou! – respondeu a menina, mais do que depressa. – Mas vocês sempre me falam que nunca é bom ter só uma opção... eu acho que consigo fazer as duas coisas.

– Com certeza, filha – concordou a mãe, sorrindo.

– E aí, quando eu for arquiteta, poderemos fazer um projeto juntas. Quem sabe um prédio – completou a filha, abraçando-a.

Aquela frase simples e despretensiosa por algum motivo mexeu com os pensamentos de Helena. Ela não sabia por quê, mas não conseguia enxergar aquele futuro com a filha. Parecia distante e até mesmo inexistente.

À noite, ela comentou com o marido sobre a conversa, e Jefferson disse que seria fantástico ver mãe e filha trabalhando juntas. Ver a pequenina Bia se tornando uma profissional reconhecida e, além de tudo, uma parceira de trabalho.

– Se ela seguisse a minha profissão, eu ficaria muito feliz, passaria o dia inteiro com ela – afirmou ele, visivelmente empolgado.

Helena chegou a avaliar o comentário do marido, mas já era tarde e continuar a conversa pareceu pouco produtivo. Um cansaço a abatia quase todas as noites e, sempre que tentava evoluir em conversas, se perdia e acabava desistindo. Depois disso, ambos mexeram no celular por um tempo, trocaram mais algumas frases sobre o que fariam no próximo dia e logo dormiram.

Mas não durante toda a noite.

Perto das quatro da manhã, Helena começou a se remexer na cama muito mais do que fazia normalmente. Jefferson acordou alarmado, lembrando-se de imediato daquela noite assustadora em que os episódios haviam se iniciado. Ele se sentou na beirada do colchão e acendeu o abajur. A noite estava silenciosa e escura, com a Lua coberta por grossas e densas nuvens.

Quando a luz iluminou a esposa, foi possível ver que, assim como da outra vez, a respiração de Helena estava acelerada e seus olhos agitados por baixo das pálpebras.

Jefferson se lembrava bem da consulta que haviam tido com o médico de Helena muitos anos antes, e das palavras que ele havia lhe dito: "Se voltar a acontecer, fique próximo, não interfira, apenas cuide para que ela não bata em nada e não se machuque".

Foi exatamente o que ele fez. Jefferson esperou enquanto a esposa tinha um novo episódio, diferente daqueles que costumava ter. Ele esperou atento e cauteloso, até que tudo cessasse. Durou cerca de três minutos. Então, ela parou de se agitar e após alguns segundos, de súbito, se levantou.

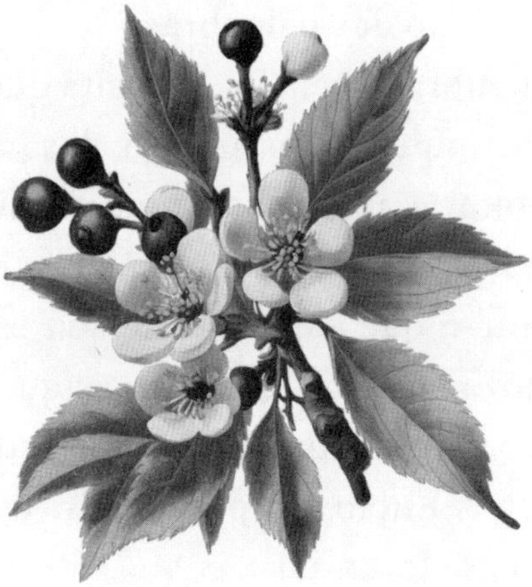

CAPÍTULO 14
Mensagem do inconsciente

Helena se levantou da cama e começou a andar em direção à cozinha. Ela estava com os olhos abertos, mas não parecia consciente de seus atos. Era como se estivesse em um episódio de sonambulismo ou em um transe hipnótico.

Jefferson saiu da cama e seguiu a esposa pelo corredor, chegando à cozinha e cruzando a porta dos fundos até uma edícula onde eles guardavam ferramentas, brinquedos e outros objetos de pouco uso. Era assustadora a forma perfeita como ela acendia as luzes, abria as portas e se desviava dos objetos existentes no caminho.

Chegando à edícula, Helena abriu a porta e começou a procurar uma caixa em especial entre as diversas que havia nos armários. Retirou algumas, reposicionou outras e então desceu, até o piso frio do cômodo, aquela que queria. O marido acompanhava à distância, assustado e sem saber o que fazer. Se aquela não fosse sua esposa, se não fosse a mulher com quem tivera uma filha e com quem vivera por tantos anos, jamais ficaria próximo em uma situação como aquela.

Helena se sentou em frente à caixa e, de forma inexplicável, se debruçou sobre a tampa, adormecendo como se estivesse em um dia normal, sem qualquer problema.

Jefferson parou e olhou ao redor. O silêncio era tão assustador como o movimento que acabara de presenciar. Ele esperou alguns minutos para ver se alguma coisa acontecia, mas nada se alterava. As luzes estavam acesas, havia caixas espalhadas pelo cômodo, e Helena estava dormindo debruçada sobre uma delas.

Com cuidado, ele tocou o ombro da esposa e fez um leve movimento para acordá-la. Imediatamente, Helena abriu os olhos, observando tudo ao redor.

– Nossa! – exclamou, depois de alguns segundos. – De novo essa bagunça. Toda semana eu tenho que vir aqui arrumar isso, já estou ficando cansada disso.

Não havia surpresa nos olhos de Helena, nem mesmo curiosidade sobre o fato de acordar ali na edícula no meio da noite. Ela já se preparava para pegar a caixa e levá-la de volta ao lugar em que ficava guardada, quando Jefferson tocou mais uma vez em seu ombro.

– Nossa! Você também está aqui? – questionou ela, dessa vez surpresa. – Viu a bagunça? Por isso eu te digo que precisamos organizar esse quartinho, ele vive bagunçado.

Helena se agachou mais uma vez para pegar a caixa, e ele novamente a impediu.

– Quantas vezes você já arrumou este quarto? – perguntou ele.

– Não sei – disse ela. – Mas foram muitas. Normalmente eu faço isso pela manhã, depois que você sai, mas desta vez parece que foi mais cedo.

– E você não acha estranho?

– Não – respondeu ela tranquilamente. – Acho que é a Bia que bagunça, procurando sapatos e outras coisas. Às vezes, faço antes do café e é tão automático, que nem me lembro. Coloco as caixas e já vou preparar o lanche para ela.

Jefferson abaixou e se aproximou da caixa. Não se lembrava dela e não sabia o que havia ali dentro. Era uma caixa preta, de plástico, muito similar às outras que estavam espalhadas pela edícula.

Com Helena a seu lado, ele abriu a caixa para conferir o que havia no interior.

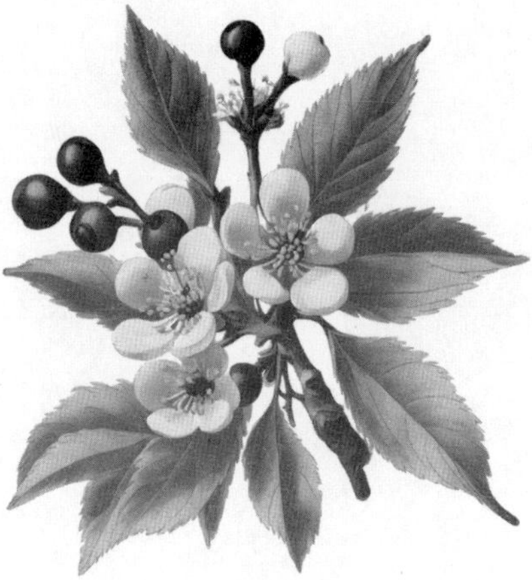

CAPÍTULO 15
Lembranças escondidas

Jefferson abaixou-se ao lado da caixa, levantando a trava, conferiu o interior. Espalhados pela caixa, estavam recortes velhos de jornal, cadernos, fotos, objetos antigos e outras coisas que ele nunca tinha visto. A primeira impressão era que correspondiam a lembranças pessoais de Helena, de quando eles ainda não se conheciam, mas, à medida que observava com cuidado, o homem percebia que era algo muito diferente.

Os recortes de jornal mostravam notícias de um antigo manicômio, falavam de mortes misteriosas, rituais macabros e manifestações populares contra bruxarias. Entre os objetos, era possível identificar o antigo colar (aquele que brilhara no dia em que Helena teve a primeira crise), alguns galhos secos, talheres, moedas com mais de cem anos. Havia também os cadernos, alguns parecendo bem antigos e outros mais novos, com anotações feitas por Helena, cuja letra ele facilmente reconhecia. Além disso, existiam desenhos estranhos, do que pareciam esculturas, quadros e outras formas de arte gótica.

As fotos eram ainda mais assustadoras. Algumas mostravam pessoas com olhares vazios, outras, em preto e branco, mostravam praias desertas em meio a florestas e navios semelhantes aos da época do Descobrimento do Brasil. Em uma das fotos, Helena estava ao lado dos pais, e a imagem parecia, pela data, ter sido tirada às vésperas de seu 15° aniversário. Segundo o que ela mesma havia lhe contado, aquele foi o último que comemoraram juntos. Tudo parecia normal, mas os olhares dos pais da menina lembravam pessoas assustadas, como se estivessem com medo ou suspeitando de algo que pudesse acontecer.

Jefferson folheou e observou tudo aquilo por alguns minutos até que, sem saber o que pensar, se virou para a mulher:

– O que é tudo isso?

Helena estava paralisada, com os olhos fixos na caixa. Seu corpo tremia, e lágrimas escorriam pelo canto de seu olho esquerdo. Jefferson percebeu o estado dela e imediatamente se levantou, envolvendo-a nos braços. A mulher não teve reação de imediato; era como se, por um efeito rebote, seu cérebro tivesse bloqueado, durante os últimos anos, todas as lembranças e pensamentos relacionados àqueles objetos. Agora, com a abertura da caixa, era como se todas as suas lembranças tivessem sido reativadas.

– Calma! – disse ele. – Eu estou aqui, calma!

Helena tremia e chorava, enquanto uma avalanche de pensamentos preenchia seu cérebro. O trauma e o sentimento de culpa pela morte dos pais, a investigação que fizera mais de quinze anos antes, a ideia de existir uma maldição em sua família, tudo despencou como uma avalanche, soterrando o que havia acontecido desde então.

Em um *flash* de lembrança, as palavras lidas pelo doutor Manzany no relatório médico de um dos ancestrais de Helena surgiram claras e nítidas:

> No dia de hoje, o paciente 732 relatou que é perseguido por uma maldição. Uma maldição que dura há gerações e que não permite àqueles nascidos de sua linhagem dividir a vida além de um período curto e específico.

Uma maldição, mas que maldição? Por medo ou melancolia, Helena interrompera suas investigações antes de descobrir o que significava tudo aquilo, e agora algo lhe dizia que seu tempo estava acabando. As anotações também falavam de um período curto. A vida de Helena ao lado dos pais havia sido curta e limitada a quinze anos. Se existisse realmente uma maldição, este era o tempo, este era o tempo que teria ao lado de sua filha.

— Eu não me lembrava — sussurrou ela no ouvido de Jefferson. — Por que eu não me lembrava?

Jefferson entendeu imediatamente o que estava acontecendo. Durante os anos em que acompanhara o tratamento da esposa, os médicos que haviam consultado relatavam que Helena tivera um trauma, algo que transformara sua vida, mas do qual seu subconsciente decidira se esquecer. Segundo eles, aquela era uma defesa do organismo dela, algo involuntário, mas muito perigoso, capaz de lhe causar depressões ou mesmo levá-la à morte. Nenhum deles havia conseguido resolver a questão, mas todos diziam que apenas quando ela pudesse aceitar e superar o que estava fragilizando seu interior é que venceria enfim o mal que a consumia. Talvez a partir deste ponto os episódios e tudo o que aquele sofrimento lhe trazia iriam cessar.

— Calma — respondeu ele. — Calma, vamos entender o que é isso. Não sei o que é, mas você pode me explicar, e eu te ajudo a resolver. Vamos fazer isso juntos.

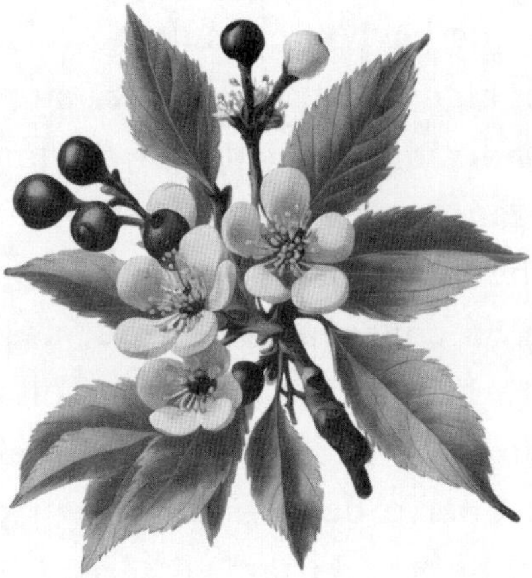

CAPÍTULO 16
Costurando retalhos

Helena afastou o corpo de Jefferson e olhou para a caixa cheia de objetos que ela mesma havia reunido ao longo de anos que passara investigando a morte dos pais.

– Eu tinha 15 anos – iniciou a mulher. – Era o dia do meu aniversário, e eles disseram que precisavam sair, que precisavam resolver alguma coisa importante.

Jefferson ouvia atento, seu olhar acompanhava a esposa, que caminhava de um lado para o outro, aparentemente sem saber para onde ir.

– Eu não entendi, não sabia do que estavam falando. Eu era jovem, muito jovem para entender tudo.

Helena se aproximou do marido e segurou a mão dele.

– Mas mesmo assim eu esperei, Jefferson. Eu esperei por horas e horas, até não conseguir mais ficar acordada.

Seu rosto estava cheio de lágrimas.

– De madrugada, um policial chegou. Eu estava dormindo no sofá, e ele disse que eu precisava ir com ele até um hospital. Eu fui e lá soube o que havia acontecido com eles. – Helena olhou para a porta, na direção da noite vazia. – Eles foram fazer alguma coisa para manter nossa família unida, eu sei disso.

Com certeza saíram para me proteger, e eu os perdi. Eu fui a culpada, eu.

Jefferson se aproximou de Helena e mais uma vez abraçou-a. Não era possível que ela acreditasse naquilo e carregasse aquela mágoa por tanto tempo.

– Não! – retrucou ele. – Você não é culpada de nada. Pense na sua filha, pense como seria a vida dela caso se achasse culpada por algo que acontecesse com você. Nenhum pai ou mãe quer isso, seus pais jamais iriam querer isso.

O marido estava certo. Nenhum pai ou mãe desejaria que um filho sentisse um sentimento como aquele. Helena carregava isso por décadas, mas não havia razão para continuar. Beatriz precisava dela, e este era o seu futuro.

– Eu não entendo – disse ela, abaixando-se e pegando os objetos. – Não entendo como pude me esquecer de tudo isso. Na verdade, agora eu consigo lembrar que foi quando te conheci que montei esta caixa e acho que dali para frente as lembranças sobre esse assunto foram ficando vagas, desaparecendo.

Jefferson apenas acompanhava o raciocínio da esposa.

– Eu tinha encontrado esta foto na casa de Paranapiacaba. Foi uma noite estranha, eu não consegui entender bem. E então eu fui até o manicômio, em uma cidade próxima a São Paulo, e lá encontrei o doutor Manzany.

Lentamente as lembranças foram se costurando como uma colcha de retalhos coloridos.

– Nós falamos sobre um dos meus avós, ou tataravós... eu não sei bem quem era ele. Mas os relatórios falavam de rituais, pessoas mortas, uma maldição.

Mais uma vez Helena pegou o caderno com os relatórios médicos do homem. Era macabro e assustador, mas ela folheou até chegar ao mesmo escrito do qual havia se lembrado minutos antes.

No dia de hoje, o paciente 732 relatou que é perseguido por uma maldição. Uma maldição que dura há gerações e que não permite àqueles nascidos de sua linhagem dividir a vida além de um período curto e específico.

Helena leu, releu, e a mensagem enfim começou a fazer sentido. Era como se todo o período que ficou em transe tivesse passado a sua frente nos poucos segundos que se seguiram. Seu coração começou a acelerar mais e mais, até ela quase não conseguir respirar.

– Quinze anos – sussurrou ela antes de desmaiar. – A Beatriz vai completar 15 anos.

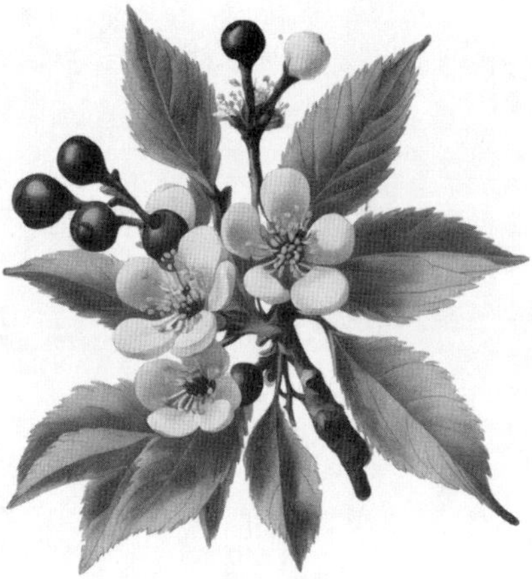

CAPÍTULO 17
Contagem regressiva

Helena acordou no meio da tarde. Seus olhos estavam fundos, e seu pensamento era única e exclusivamente dedicado às mensagens escondidas nos objetos e nas informações coletadas durante os anos de investigação que havia realizado. Era como se alguém ou alguma coisa tivesse tentado colocá-la em um caminho correto durante anos e, mesmo assim, seu subconsciente a direcionava no sentido contrário.

Assim que ouviu os barulhos no quarto, Jefferson correu para ver a companheira.

– Graças a Deus você acordou! – disse ele. – Eu não sabia o que fazer e te trouxe para o quarto. Você dormiu por quase doze horas.

– Eu entendi – afirmou ela, quase desconsiderando a preocupação do marido. – Até que enfim eu entendi o que está acontecendo, o que vem acontecendo com minha família durante muito tempo.

Helena se levantou e voltou até a edícula no fundo da casa. A caixa ainda estava no chão, da mesma forma que havia deixado antes de desmaiar. Seu semblante estava diferente, parecia mais decidida, alguém buscando superar o que por muito tempo a havia consumido. Com cuidado, ela pegou a caixa e a levou até a cozinha, afastou então alguns vasos que decoravam a mesa de jantar e colocou-a sobre o tampo. Jefferson observava atentamente seus movimentos.

– Onde está a Bia? – perguntou.

– Foi para a escola – respondeu ele. – Eu disse que você não tinha dormido direito e que eu ia levá-la. Dei dinheiro para o lanche.

Helena enrolou o cabelo comprido e o empurrou na direção das costas. Os fios estavam ressecados e quebradiços, sinal claro do descuido consigo nos últimos meses. Neste momento ela teve uma pequena tontura e se apoiou com as duas mãos sobre a mesa.

– Cuidado! Você não comeu ainda – disse o marido. – Aliás, faz quase vinte horas que você não come nada.

Helena olhou para o espelho que enfeitava a sala e se viu por completo. Estava magra, com olhos fundos e aparência mórbida. Não se lembrava de estar daquela forma no dia anterior, de quando desistira de se cuidar, de quando a vida se tornara um fardo difícil de carregar.

– O aniversário da nossa filha é em pouco mais de duas semanas. Este é o tempo que temos, nenhum segundo a mais.

– Tudo bem, mas você precisa comer alguma coisa, precisa se cuidar ou então não poderemos resolver nada.

Enquanto a arquiteta espalhava os objetos da caixa sobre a mesa de madeira, Jefferson foi preparar algo para que ela se alimentasse. Em poucos minutos, os conteúdos da caixa já estavam organizados, e Helena comia um pão com café.

Tudo o que ela considerava importante estava ali. A foto com os pais, o convite para a casa em Paranapiacaba, a foto de seu ancestral, o colar, o galho seco, os relatórios médicos... tudo. Com muita atenção, Helena organizou o raciocínio e explicou passo a passo para o marido.

– Eu perdi meus pais no dia em que completei 15 anos – disse ela, apontando para a foto. – Eu sempre achei que era a culpada por isso, que era a causa da morte deles, e então passei grande parte da minha vida tentando decifrar o que tinha acontecido com os dois. De certa forma, isso me consumiu, e eu nunca fui capaz de aceitar a realidade. Estava presa em um círculo vicioso do qual eu nunca conseguia me livrar.

Novamente lágrimas começaram a brotar em seus olhos.

– Então – continuou – um dia eu recebi este convite, falando de uma casa antiga da minha família, a qual eu deveria visitar na madrugada de um dia específico. Lá, eu encontrei o colar e esta foto.

Cada parte do que narrava era seguida por uma indicação ao objeto relacionado.

– No começo eu não sabia do que se tratava, mas, depois de uma conversa com uma colega, descobri que era a foto de pacientes e médicos de um manicômio. – Ela fez uma pausa e depois continuou. – Eu fui até lá com o doutor Manzany e encontrei alguns relatórios, além de muitos recortes de jornal. Mas isso parece ter me deixado ainda mais deprimida, e a partir daí eu decidi que daria uma pausa nestas pesquisas. Eu procurei apoio profissional na época, e isso acabou me ajudando muito.

Ela se virou para o marido e colocou a mão em seu braço.

– Foi então que conheci você. – E, não sei por quê, me esqueci totalmente de tudo relacionado a isso. Parecia que tudo tinha sido apagado da minha memória.

Jefferson sorriu e colocou a mão sobre a dela.

– Mas eu não poderia ter me esquecido – prosseguiu Helena. – E alguma coisa estava me forçando a lembrar, acho que isso era a razão dos apagões. Por algum motivo, pela influência de alguém ou de alguma coisa, eu estava sendo forçada a lembrar.

– Como assim, de alguém? – perguntou o marido. – Eu não estou entendendo.

— Você acredita em espíritos, entidades, coisas deste tipo?

— Na verdade, não, eu nunca pensei que existissem — respondeu ele. — A não ser pelo relato de pessoas que acreditam, algumas que conheci ao longo da minha vida.

— Agora que tudo voltou à minha mente, eu me lembro melhor de quando estive na casa — disse ela, desconsiderando o comentário do marido. — Lá, naquele dia, eu tive a sensação de que não estava sozinha. Parecia que alguém ou alguma coisa estava me observando. Foi muito estranho. Acho que esta foi a mesma sensação que eu sentia quando tinha os apagões.

Jefferson não respondeu. A realidade é que ele não tinha ideia do que falar em relação ao que estava ouvindo. Helena vinha passando por um momento difícil, e ele sabia que o apoio naquele momento era essencial para que a esposa encontrasse conforto.

— E aí veio a revelação desta tal maldição — concluiu Helena. — Uma maldição que, segundo o relatório médico do meu antepassado, diz que aqueles nascidos da minha linhagem só dividem a vida por um curto período. Ou seja, não compartilham mais do que quinze anos de vida.

Helena olhou no fundo dos olhos do marido, e Jefferson percebeu que a mulher acreditava fielmente na teoria que estava compartilhando. De repente, ele sentiu um frio no estômago ao perceber que tudo o que estava acontecendo poderia levar ao fim de sua família, que a maldição, à sua maneira, poderia se tornar realidade e carregar consigo tudo o que haviam construído.

— Nós precisamos fazer alguma coisa, Jefferson — concluiu Helena com palavras embargadas. — Eu não sei exatamente o quê, mas, se não fizermos, vamos morrer, vamos abandonar nossa filha, assim como aconteceu com os meus pais.

CAPÍTULO 18
Encontrando o caminho

Uma semana já havia se passado, e Helena ainda não tinha descoberto qual era o caminho que poderia levá-los até a solução daquele mistério, nem mesmo o que deveria ser feito para anular a maldição. A vida da família parecia normal, como a de qualquer outra, e não demonstrava sinais de que algo ruim estivesse prestes a acontecer.

Depois de tentar decifrar sozinha alguma nova pista sobre os objetos que tinha reunido, a arquiteta decidiu vasculhar, na internet e em jornais antigos, reportagens que pudessem ajudar.

Sua memória estava cada vez mais clara, e seu pensamento mais acelerado. Após ter conseguido organizar as ideias, ela decidira reduzir a dosagem dos remédios a uma quantidade que lhe permitisse ter um pouco mais de liberdade, e isso a fez entender melhor as opções que tinha à frente. O relógio estava correndo, e qualquer ajuda naquele momento seria de grande valia.

Mesmo ampliando sua pesquisa em canais digitais, a única descoberta adicional que conseguiu estava relacionada ao galho seco encontrado no corpo de sua mãe. Era originário de uma árvore chamada abrunheiro, que na língua inglesa era conhecida como *blackthorn*. Helena sabia da origem de seu nome desde pequena, mas nunca havia tido a curiosidade de saber mais sobre o tema. Quando se deu conta da origem daquele galho e conseguiu ter certeza de que as folhas eram mesmo daquela árvore, seu corpo estremeceu, e a certeza de que a maldição era verdadeira aumentou ainda mais.

Em suas pesquisas, Helena descobriu que a árvore era usada em feitiços, que suas flores e frutos associados à escuridão e à morte poderiam ser usadas para amaldiçoar. Outros relatos indicavam que o *blackthorn* é conhecido como guardião de segredos obscuros, usado em feitiços e rituais que buscam criar invisibilidade ou ocultar algum segredo.

Ao término daquela manhã, sem obter novas informações, Helena decidiu fazer uma visita à Hemeroteca de São Paulo, local que abrigava um acervo de doze mil títulos de jornais e revistas, com publicações que vinham do fim do século XIX até os dias atuais. Ela já havia estado lá no passado, para realizar pesquisas da faculdade, e aquela lhe pareceu uma boa alternativa.

Assim que chegou ao local, caminhou até uma das mesas e solicitou os arquivos de obituários mais antigos que estivessem disponíveis. A bibliotecária não entendeu o pedido, mas, mesmo assim, deu acesso ao que ela havia pedido.

Por horas, Helena passou microfilmagens que mostravam páginas amareladas de jornais, notícias sem muita importância, e obituários. Demorou o que parecia uma eternidade, até que conseguisse encontrar algo interessante.

Maria Belinda Blackthorn e
Ermínio Frederick Blackthorn

Francisco Blackthorn comunica o falecimento de seus
queridos pais e convida para o enterro, a ocorrer hoje,
às 16 horas, no Cemitério da Consolação.

Helena olhou a data do jornal, e era 25 de janeiro de 1889. Rapidamente, ela avançou quinze anos à frente daquela data e passou a procurar a partir dali. Ano a ano foi avançando até encontrar um novo comunicado.

Fátima de Souza e Francisco Blackthorn

Catherine B. comunica o falecimento de seus queridos pais e informa que, devido às condições do acontecido, o enterro não será aberto a convidados.

Era 17 de março de 1913, vinte e cinco anos após a primeira morte. Helena suspirou. O tempo condizia com o que lera sobre a maldição, e a mensagem assustava pelo seu conteúdo. Por certo, eram parte da família Blackthorn, não havia dúvida.

Helena decidiu não pensar naquilo, precisava encontrar alguma pista concreta e por isso continuou avançando de quinze em quinze anos a partir da primeira data.

A mensagem se repetia sempre que encontrava, e o conteúdo era similar, às vezes até idêntico ao anterior. Filhos jovens anunciando a morte dos pais algumas vezes de forma simples e outras com frases que deixavam suspeitas sobre acontecimentos misteriosos. Assim se seguiu até que encontrasse algo familiar.

Antony Blackthorn

Familiares comunicam o falecimento de seu pai, sogro e avô, informando que não ocorrerá enterro aberto devido aos acontecimentos recentes de conhecimento público.

A mensagem datava de 1988 e se relacionava ao mesmo homem que ficara internado no manicômio, o mesmo homem cujos relatórios médicos e recortes de jornal Helena possuía.

– Ele teve netos! – disse ela, surpresa. – Como seria possível?

Helena revirou mais jornais, avançou e recuou reportagens, mas não encontrou novas informações que pudessem ligar as histórias. Os obituários ficavam cada vez menores ao longo das décadas até que, a partir de 1990, quase não apareciam mais nas pesquisas.

Além dessas informações, Helena colheu algumas poucas linhas sobre acidentes e mortes misteriosas, mas nada significativo, ou que pudessem levá-la a outro caminho. Sua maior pista estava ligada ao homem que conhecera desde o começo. O homem que ficara internado e que mesmo distante dos filhos foi capaz de viver até presenciar o nascimento de um neto. Era evidente que Antony descobrira alguma coisa que os anteriores não conseguiram, alguma coisa capaz de anular ou adiar a maldição. Se Helena quisesse descobrir o que era isso, precisaria voltar ao manicômio, voltar ao mesmo lugar onde seu sofrimento se intensificara, o mesmo lugar de onde parou.

CAPÍTULO 19
O cemitério abandonado

Helena e Jefferson pararam em uma rua ao lado do antigo manicômio às 22h59. Era uma terça-feira, e o local estava praticamente deserto, sem qualquer movimento de carros ou pessoas.

– Acho que é aqui – disse Jefferson. – Pelo que li nas reportagens que encontrei e considerando o mapa do complexo, o antigo cemitério fica a trezentos metros naquela direção.

Ele apontou na direção que cruzava uma cerca com pouco mais de 1,80 m de altura e entrava mata adentro no complexo de construções do Juquery.

– Não tem outro caminho? – perguntou Helena, visivelmente receosa.

– Os outros caminhos passam por entradas com guardas ou monitoramentos por câmeras – respondeu o marido. – Eu não conheço muito bem o lugar, mas, se o aplicativo com fotos de satélite estiver correto, este é caminho mais curto e menos vigiado.

Helena abriu a janela e sentiu o frio do outono entrar pela abertura. O silêncio da noite era rompido apenas pelo som de alguns insetos e do coaxar de sapos vindo do outro lado da cerca.

– Eu não sei se consigo... não vou me embrenhar aí neste mato.

— Tem uma trilha — respondeu Jefferson —, pelo menos nas imagens tinha uma trilha que parecia bem aberta. Mas, se quiser podemos voltar durante o dia, você que decide.

Helena sabia que o tempo era curto e que precisavam encontrar uma alternativa. Durante os últimos dois dias, tinha convencido o marido sobre a importância e a realidade que envolvia aquela maldição, então desistir não era uma opção.

Ela apoiou a mão no ombro do marido e, movimentando a cabeça, indicou que ele continuasse.

Jefferson ligou de novo o carro e percorreu a rua, que lardeava o muro lentamente, até encontrar a trilha. Na verdade, o espaço que seguia para o interior da propriedade era uma estrada precária, usada talvez por funcionários ou vigias para fazer uma ronda nos arredores. Ele parou o carro do outro lado da rua, e os dois desceram até aquela direção.

Na frente da estrada existia um portão fechado com um cadeado e com as folhas entreabertas. Por certo, o lugar não era importante para o complexo, tendo em vista que ficava longe das construções e dos depósitos. Isso era confirmado pela condição em que a barreira de segurança se encontrava.

Jefferson puxou uma das folhas em direção à rua, e com facilidade ambos entraram.

A estrada tinha menos de dois metros, com vegetações densas nas laterais e braquiarias pequenas entre as duas marcas de passagem dos carros. Helena havia trazido uma lanterna, e agora os dois se guiavam pela luz contínua, mas tênue do pequeno objeto.

— Se seguirmos por esse caminho por uns trezentos metros e depois virarmos à esquerda, chegaremos ao cemitério — afirmou Jefferson.

— Tá bem! — respondeu ela. — Mas você vai na frente.

Eles seguiram a estrada por alguns minutos e então cruzaram outra cerca, desta vez de arame farpado, para poder acessar o cemitério abandonado. Então, assim que cruzaram uma pequena faixa de mato alto após a cerca, chegaram ao destino.

O cemitério que recebia o título de abandonado não deixava nada a desejar aos diversos comentários na internet. Durante as pesquisas, Jefferson havia lido histórias sobre assombração, espíritos de pessoas mortas vagando pelo lugar, e isso não saía de seu pensamento.

– Vamos logo – disse ele. – Qual é o jazigo, você sabe dizer? Eu decididamente não gosto daqui.

Alguns metros à frente de onde estavam, várias cruzes de concreto se espalhavam pelo chão. Algumas deitadas, outras de pé e várias caídas sobre lápides e blocos de pedra.

– Eu não sei dizer qual é, mas deve ter uma forma de identificar – sibilou Helena. – Na época que estive aqui, o Dr. Manzany falou sobre o que aconteceu e me disse que os internos mataram um cavalo neste cemitério. Eles o colocaram sobre o bloco de pedra de uma lápide que ficava sob uma destas árvores.

– Como é? – indagou Jefferson, assustado. – Mataram um cavalo?

– Eu sei que não te contei isso – respondeu Helena –, mas não achei que ia ajudar a te convencer a virmos.

– Não ia mesmo! – exclamou ele.

Com o caminho iluminado pela lanterna, os dois partiram cemitério adentro, tentando encontrar um local que combinasse com aquela descrição.

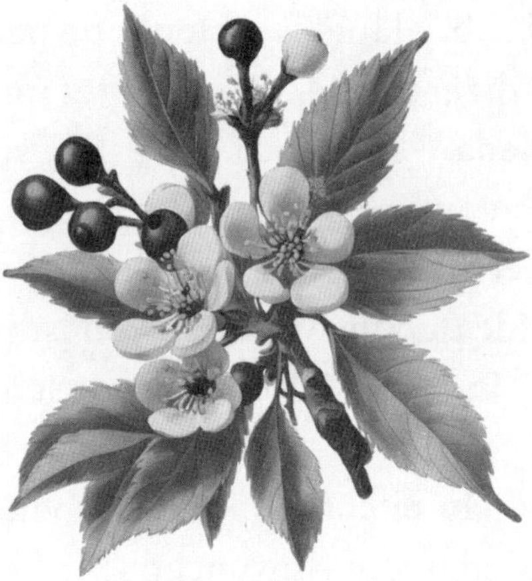

CAPÍTULO 20
O túmulo de Antony Blackthorn

A vegetação na área cercada do cemitério era estranhamente rasteira e em alguns lugares até inexistente. Os dois caminharam entre o que pareciam túmulos à procura de algo que coincidisse com as precárias descrições relatadas por Helena. As dimensões do platô onde o cemitério havia sido construído eram extensas, e a escuridão da noite dificultava ainda mais sua procura.

O pensamento de Helena estava direcionado a Beatriz e seus pais. Eles eram aqueles que a haviam guiado até aquele lugar e a única força capaz de fazê-la seguir em frente. O cansaço e a fraqueza dos vários meses que passara envolvida em depressão e sofrimento pelos episódios e a falta de esperança estavam cobrando seu preço, e ela precisou parar alguns minutos para descansar.

– O que foi? – perguntou o marido. – Você está bem?

– Sim, só estou cansada – respondeu ela. – Estou me alimentando melhor agora, mas uma semana não é suficiente para recuperar o tempo todo que fiquei perdida.

Jefferson olhou ao redor e percebeu que não sabia exatamente o que estavam fazendo naquele lugar. Ainda não acreditava que tudo aquilo poderia ser verdade, mas os episódios noturnos de Helena e as coisas que ela lhe mostrara não poderiam ser meras coincidências. Algo estranho, envolvendo o passado da família da mulher que tinha a seu lado, estava acontecendo, e ele não podia abandoná-la neste momento.

Após o breve descanso, os dois continuaram. Em certo momento, Jefferson tropeçou em alguma coisa que julgou ser uma raiz de planta, mas, ao apontar a lanterna para o chão, percebeu que se tratava de um fêmur humano. Ele deu um pulo para trás ao ver o osso desenterrado e, iluminando ao redor, percebeu que aquele não era o único. Havia ossos de braços, pernas e até mesmo crânios espalhados pelo lugar. Helena se encolheu em um sinal claro de medo, e ele envolveu-a nos braços, tentando mantê-la menos assustada. Jefferson também estava receoso e temia o que poderiam encontrar, mas não podia transmitir este sentimento a quem estava tentando se reerguer, a quem estava lutando pela vida.

– Vamos – disse o marido, pegando a mão de Helena –, vamos continuar.

Vários túmulos tinham árvores com copas sobre suas placas de concreto. Isso não era algo incomum, já que o local estava abandonado havia várias décadas. Aos poucos eles foram verificando um a um, na esperança de identificar aquele no qual Antony fizera o sacrifício. Alguns possuíam escritas, outros apenas cruzes e outros apenas iniciais, mas nenhum deles parecia ser o correto.

Foi então que, mais ao fundo do cemitério, próximo a uma das lápides, um detalhe chamou a atenção de Helena. A árvore que cobria aquele túmulo em especial era antiga e muito maior do que as outras. Ela era imensa e tinha as mesmas características do galho encontrado no corpo de sua mãe. Helena iluminou melhor o local para ter certeza de que seus olhos não estavam lhe pregando uma peça, e o que viu confirmou ainda mais suas suspeitas. Definitivamente era um abrunheiro, era um *blackthorn*.

De repente, uma sensação estranha preencheu seu pensamento. Era como se ela conhecesse aquele lugar, como se já tivesse estado ali em algum momento da vida, em algum passado distante.

– Ali! – sinalizou para o marido. – É aquela.

A pedra que cobria o túmulo estava enegrecida pelo tempo e tinha trincas visíveis à luz da lanterna. Na parte superior, uma cruz também de concreto estava cravada no chão e mostrava as iniciais "AB".

– Antony Blackthorn – murmurou Jefferson, surpreso. O túmulo não era uma fantasia criada pela cabeça de Helena, ele realmente existia.

Com cuidado, os dois inspecionaram todo o entorno da placa, à procura de escritos ou sinais que pudessem indicar alguma pista ou algo que trouxesse qualquer esclarecimento, mas não havia nada. Segundo as conversas que Helena tivera com o Dr. Manzany, aquele era o local onde o ancestral dela fazia sacrifícios e o mesmo local onde o homem havia sido encontrado após a morte. Era o que o médico havia contado, mas nada ali evidenciava o que tinha mesmo acontecido.

– Vamos ter que abrir – sussurrou Helena.

– Como? – indagou o marido. – O que você disse?

– Vamos ter que abrir, droga! – vociferou ela. – Não tem outro jeito. Se viemos até aqui, vamos ter que abrir.

Naquele momento, Jefferson se arrependeu definitivamente por sua decisão de ir até aquele lugar. Mesmo tendo um sentimento de amor pela parceira, aquilo já estava passando do aceitável. Quando adolescente, na cidade onde morava, Jefferson já havia invadido cemitérios ou feito outras coisas malucas, mas nunca durante a noite e absolutamente jamais para abrir covas. O máximo que tinha feito era fumar cigarros e consumir bebidas longe dos olhos dos pais.

– Merda, Helena! – disse Jefferson, saindo em busca de algo para ajudar a mover a pedra. – Se eu não tivesse visto as coisas que aconteceram com você até agora, eu jamais aceitaria isso. Mas tem algo anormal acontecendo, e parece que não há outra maneira de resolver.

Jefferson passou a lanterna pelos arredores e encontrou restos de construção. Blocos, pedra, areia e alguns ferros de armação. Os ferros estavam enferrujados e abandonados como tudo naquele lugar, por isso ele puxou a manga da blusa até as mãos, para protegê-las antes de pegá-los.

Entre o amontoado de ferros avermelhados existia um que parecia ser do tamanho correto para fazer uma alavanca e mover a placa. Jefferson separou-o dos demais e voltou até o túmulo. Com cuidado, encostou o ferro na lateral do bloco de concreto e moveu, usando uma boa parcela de sua força. A barra cedeu, envergou um pouco e então firmou, movendo a tampa.

O buraco que surgiu por trás da placa revelou o que restava de um caixão velho e apodrecido. Baratas correram em todas as direções, seguidas por centopeias e alguns outros insetos.

– Ahhh! – gritou Helena, dando um salto para trás.

Jefferson esperou que os insetos parassem de sair e moveu o restante da tampa, agora com mais facilidade, até que saísse por completo. A cena era bizarra, e a sensação que sentiam era uma mistura de ansiedade, medo e culpa.

Não era possível ver o que estava dentro do caixão, mas ambos já podiam deduzir. Utilizando a barra de ferro retorcida que ainda tinha nas mãos, Jefferson abriu buracos no que restara da tampa de madeira, e juntos, ele e Helena, puderam ver o crânio e os ossos de Antony. Estes estavam entrelaçados com roupas rasgadas e vegetações que haviam rompido a madeira inferior do receptáculo.

– Desculpe, meu Deus – falou Helena, fazendo o sinal da cruz.

Com o auxílio da lanterna, os dois iluminaram o interior do caixão, à procura de alguma coisa. Não sabiam dizer o que era, nem mesmo se existia, mas esta era a única opção.

Então, no meio do corpo, mais precisamente próximo à cintura, viram uma bolsa. Parecia ser de couro e estava razoavelmente preservada. Helena apontou para ela, e Jefferson imediatamente percebeu o que deveria fazer. Ele tentou fisgá-la com a barra, mas estava presa, e isto o fez concluir que, se quisesse pegá-la, precisaria entrar no buraco.

Sem muita alternativa, Jefferson deixou a lanterna nas mãos da mulher e se apoiou para entrar no buraco. Era um movimento difícil, já que não havia espaço, e o lugar estava recheado de ossos e insetos. Assim que pisou no fundo do caixão, as madeiras podres se quebraram, e mais baratas saíram do interior, correndo ao redor dos pés do homem. Mais do que depressa ele puxou com força a bolsa para cima e saiu do buraco com um pulo.

Alguns ossos voaram enquanto ele puxava, mas Jefferson só se preocupou em espantar baratas e insetos que pudessem estar agarrados em suas pernas.

– Droga, droga, droga!!! – gritou o marido, enquanto se debatia.

Helena avançou alguns metros e pegou a bolsa que havia caído próximo a uma outra lápide. Sem perder tempo, abriu para ver o que tinha em seu interior. Ali encontrou uma estátua estranha, com a imagem de uma mulher com formas que se assemelhavam a um réptil, e um diário. Ela colocou a imagem no chão e abriu as folhas do diário. Os escritos estavam em inglês, anotados com uma letra bonita e de forma organizada.

A arquiteta conhecia muito bem a língua inglesa, e não foi difícil ler algumas partes do conteúdo daquele achado. Era muito interessante, chegando a ser revelador. Ela colocou os dois objetos de volta na bolsa e decidiu que era hora de voltarem. Poderia ler aquele livro melhor em casa e não queria ficar nem mais um minuto naquele cemitério.

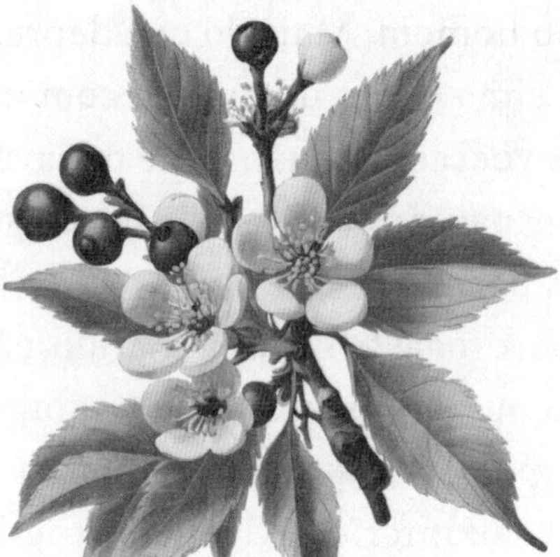

CAPÍTULO 21
Uma maldição centenária

Quando chegaram em casa, já passava das três horas da manhã. Mesmo dormindo boa parte do caminho, Helena estava exausta a ponto de adiar a leitura para o dia seguinte. Jefferson também concordou, e após um bom banho os dois caíram no sono.

Estava próximo das onze horas quando Jefferson olhou para o lado e percebeu que estava sozinho. Ele se levantou, lavou o rosto e foi para a cozinha. Não fazia muito tempo que a esposa havia se levantado, o café estava feito, e ela comia um pedaço de pão com manteiga, enquanto folheava o diário.

- Isto está sujo. Como consegue comer lendo isso?
- Eu estou usando a outra mão - disse ela, colocando o último pedaço do pão na boca.

Ele não quis discutir.

- O que você descobriu? Alguma coisa interessante?
- É um diário de todas as memórias de Antony, coisas cotidianas da vida, a rotina do manicômio e tudo o que ele descobriu sobre a maldição, durante os anos que ficou pesquisando.
- E tem alguma coisa útil? - perguntou o marido.
- Muita. Segundo o que ele escreveu aqui neste diário, a maldição assombra nossa família há muitos séculos, desde a

época das colonizações. Anos 600 ou 700, ele não soube prever exatamente – relatou ela. – Depois de algumas das nossas gerações viverem na Europa, um dos meus ancestrais decidiu vir para a América em busca de alguma pista sobre a origem deste fardo, mas nunca encontrou. Daí em diante, as novas gerações mantiveram moradia por aqui, mas a maldição continuou.

– Que loucura – disse Jefferson, surpreso. – São mais de trezentos anos. Quantos você acha que morreram neste tempo?

– Ele não soube dizer. Não até a parte que eu li – respondeu ela.

– E a solução? Ele falou sobre como anular a maldição?

– É nesta parte que eu estou agora.

Helena virou a página e continuou a leitura. O diário citava várias pessoas com quem Antony havia conversado e diversas opiniões distintas sobre o que acontecia com sua família. Dos muitos contatos que ele havia estabelecido, apenas um, o contato de um indígena, obteve resultados.

O diário dizia o seguinte:

Depois de me encontrar com o chefe de uma tribo no Norte do Brasil foi que consegui uma pista sobre a maldição. Ela está ligada a algum objeto que está em nossa família há anos, mas que até então não tínhamos conseguido identificar. Eu suspeito da estátua que estava guardada na casa da minha mãe e agora carrego comigo, na esperança de entender o seu significado.

Já cogitei a possibilidade de destruí-la, mas o indígena me disse que não é assim que uma maldição é quebrada e que destruir a estátua pode torná-la eterna.

Helena pegou a estátua e olhou. Não parecia um objeto perigoso nem mesmo a fonte de uma maldição, mas era definitivamente estranho e ameaçador. Ela folheou mais algumas páginas com detalhes sobre a conversa entre Antony e o indígena, outras com descobertas pouco úteis, e então parou. Por um instante, seus olhos se arregalaram e seu rosto ficou branco como uma folha de papel.

– O que foi? – perguntou Jefferson, percebendo o espanto.

Helena colocou a mão na cabeça em um sinal de desespero e após um longo silêncio reproduziu a leitura para o marido.

Enfim consegui algum avanço em meus estudos e acabei de descobrir que sacrifícios de seres vivos energizam a estátua e retardam a maldição por algum tempo. Eu não consigo ainda explicar a razão deste fenômeno, mas, em alguns livros secretos que encontrei, estudiosos das artes ocultas afirmam que o ritual só funciona na noite mais importante para aquele que foi amaldiçoado. No meu caso, só vai funcionar se for feito na noite do aniversário do meu filho. Faltam alguns meses, mas eu vou tentar, vou preparar tudo. Esta é minha única esperança.

Jefferson entendeu o motivo do desespero da esposa. Se aquela era a única alternativa conhecida, seria quase impossível para eles combaterem aquela maldição.

Com fervor, Helena avançou mais algumas páginas e parou em outro trecho do diário.

Deu certo! Eu ainda estou vivo, e o aniversário do meu filho foi ontem. Eu sacrifiquei um pequeno roedor, e isso parece ter sido o suficiente. Estou muito feliz, acho que conseguirei combater a maldição que por séculos castiga a minha família. Enfim poderemos viver em paz, sem nos preocupar com a morte espreitando à nossa porta.

"Um roedor", pensou Helena. "Roedores são animais indesejáveis, pessoas têm medo e matam estes animais quase todos os dias ao redor do mundo; talvez não fosse uma ideia tão ruim, talvez ela conseguisse, talvez eles conseguissem."

Com cuidado, ela olhou para Jefferson por alguns segundos e viu o semblante dele. O marido estava pensativo, talvez também considerando a ideia. Empolgada, ela voltou ao livro e, avançando algumas páginas, leu mais uma declaração.

> *Este é o quinto ano que faço o sacrifício. Estou preocupado. Por algum motivo a estátua parece estar exercendo um poder sobre mim e me obrigando a sacrificar animais maiores. Acho que estou perdendo o controle sobre isso e não sei aonde estas atitudes estão me levando. E tem este desejo pelos rituais, parece que sinto falta deles e tenho que os repetir mesmo sem a necessidade de adiar a maldição. Espero que estes desejos não me consumam.*

Helena já não sabia mais o que pensar. Angustiada, correu as páginas do livro, até alcançar os últimos escritos de Antony.

> *Depois de todos estes anos eu chego à conclusão de que cometi um erro. Não é desta forma que venceremos a maldição. Falta alguma peça, alguma conexão capaz de nos permitir viver mais e ainda assim manter nossa sanidade.*
>
> *Já se passaram quatro meses desde o último sacrifício. O sacrifício do maior animal que consegui abater. Era um cavalo do estábulo do Juquery. O animal era dócil, e não foi difícil tirar sua vida. O ritual estendeu minha vida e garantiu que eu vivesse por mais um ciclo.*
>
> *Mas, recentemente, um pensamento que nunca havia me surgido antes apareceu como uma ordem em minha consciência. Sem qualquer motivo eu tive vontade de matar um ser humano. Uma pessoa próxima a mim, quase um amigo.*

Acho que cheguei ao meu limite e não posso aceitar o que estou prestes a fazer.

Assustada, Helena atirou o livro no canto da cozinha fazendo com que batesse em um móvel e caísse retorcido no chão. Como pudera considerar algo como aquilo, como pudera pensar naquela possibilidade?

Entendendo sua angústia, Jefferson se aproximou para abraçá-la.

– Nós vamos achar algum jeito – disse ele, enquanto a envolvia em seus braços. – Vamos achar.

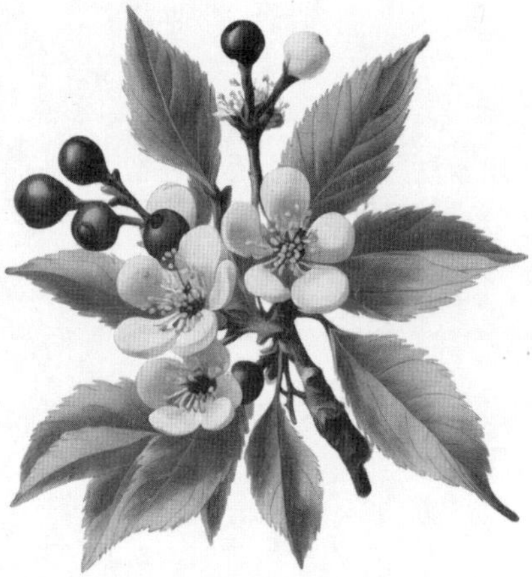

CAPÍTULO 22
Lembranças compartilhadas

Helena observava a filha dormindo tranquila em sua cama. Beatriz era uma menina maravilhosa, uma filha que só lhe trouxera orgulho e alegria desde o nascimento. Isso não significava que fosse perfeita ou nunca tivesse feito malcriações. A pequena tinha seus momentos chatos e difíceis como qualquer pessoa, e isso a mãe não podia negar. Mas ela era sua princesa, e a mãe não conseguia mais imaginar a própria vida sem aquela criança.

Por um instante, Helena percebeu que o amor que sentia por ela era único e gratuito, sem qualquer necessidade de retribuição. Percebeu que, em seus pensamentos anteriores, em relação à necessidade que sentia de retribuir tudo que os pais haviam feito por ela, tinha cometido um erro. Assim como ela não tinha cobranças para com Beatriz, seus pais não esperavam dela qualquer recompensa, queriam apenas estar a seu lado.

Tudo o que estava acontecendo com ela e com sua família, mesmo sendo uma maldição antiga e aparentemente inquebrável, não deixava de ser uma realidade da vida. Antecipada por forças desconhecidas, mas inevitável em sua essência.

Helena enxugou uma lágrima que correu pelo seu rosto e olhou no relógio da assistente eletrônica sobre a mesa de estudos da filha. Já passava das onze da noite, e e era véspera do aniversário de Beatriz. Depois de estudar incansavelmente papéis, pesquisas e objetos sem encontrar qualquer nova pista de como anular a maldição, Helena decidiu gastar, ao lado da filha, parte do tempo que lhe restava. Elas saíram para um cinema, riram e comeram pipoca. Falaram da vida, de futuros amores, e ficaram cansadas o suficiente para um boa noite de sono.

– Obrigada por hoje, mamãe – disse a menina antes de se deitar. – O dia foi ótimo... e olha que nem é meu aniversário ainda.

– Considere um presente de aniversário antecipado – respondeu a mãe, sorrindo.

O dia tinha sido realmente ótimo, e ambas perceberam isso.

Helena estava exausta, e mesmo assim não quis se afastar da filha naquela noite. Ela se acomodou na poltrona que mantinha no quarto da menina e então adormeceu.

Em sonho, Helena retornou à convivência com os pais. Havia momentos ocultos em sua lembrança que, à beira do fim, destrancavam as portas. Cenas que nem imaginava que pudessem existir.

– Esta maldição, de que ele tanto fala – dizia sua mãe ao marido –, nunca imaginei que pudesse existir esse tipo de coisa. Precisamos saber mais, de repente tem alguma maneira de acabar com isso, de resolver tudo de uma vez por todas. Se não fizermos nada, será tarde demais.

– Você acredita mesmo nisso, não é? – respondia o marido. – Eu já pesquisei sobre tudo o que falaram e não encontrei nenhuma evidência que pudesse confirmar a coisa toda.

– Eu sei, mas tudo parece tão real. Será que os acontecimentos e todas as coisas que vimos não servem de nada? Temos que tomar uma decisão, e rápido!

– De novo esta besteira – retrucou o marido. – Você nunca vai desistir disso. Não há o que fazer. Se ele não conseguiu resolver, nós também não vamos.

A imagem dos pais se dissolveu em uma névoa esbranquiçada, e o vulto de um explorador surgiu na sua frente. Helena se assustou e seu corpo teve espasmos na poltrona do quarto. O homem seguiu caminhando por uma estrada de tijolos e, ao seu lado, corpos de homens e mulheres iam caindo sob o choro de jovens. Estes casais desfaleciam no chão avermelhado, e seus corpos se desidratavam até secar por completo. Os jovens que os seguravam no início do caminho seguiam adiante, e passos à frente sofriam os mesmos males recebidos pelos anteriores. Era um ciclo que se repetia incansavelmente até que ela visse o rosto da filha sobre seu corpo desfalecido.

A cada avanço desta cena, a respiração de Helena acelerava, e seu corpo se enrijecia, encolhendo-se mais e mais na poltrona.

O homem desapareceu mais uma vez entre a névoa, e Helena viu a imagem de uma porta. Ela sentia que já a havia visto em algum lugar, mas não tinha certeza de onde. Ao redor da porta, uma luz brilhava clara como o branco da manhã. Helena tentou abrir a porta, mas estava trancada. A arquiteta procurou por fechaduras, mas existia apenas a maçaneta que, mesmo com o esforço de sua mão, não fazia qualquer movimento.

Do lado oposto à porta, uma iluminação mais clara, suave e disforme surgia a seu alcance. À distância, aquela luz parecia aquecer seu corpo em uma temperatura agradável a acalentadora. Era como um sinal, uma alternativa mais fácil, capaz de pôr fim a todo aquele temor, a toda aquela angústia que a consumira por toda a vida.

Havia dois caminhos. Helena esticou a mão em direção à porta e mais uma vez tentou abri-la. A luz que brilhava ao redor da estrutura agora brilhava também em um círculo bem ao centro. Ela tentou abrir a maçaneta e novamente não teve sucesso. Na direção oposta, não havia porta, não havia obstáculo, apenas a luz. Talvez, se caso seguisse naquela direção, não precisaria desvendar mais enigmas, não precisaria mais lutar contra tudo e todos. Quem sabe aquela seria a melhor opção ou, ainda, a opção que lhe traria um ansiado descanso.

Por cansaço ou por instinto, Helena começou a caminhar na direção da luz. Quanto mais ela se aproximava, mais parecia que tudo teria um fim, que encontraria paz.

Então, ela ouviu uma voz, uma voz suave e agradável bem ao fundo. Alguém tentava lhe chamar. Alguma coisa tentava avisá-la.

– Mãe – interpelou Beatriz, balançando seu ombro. – Mãe, você está bem?

A menina estava de pé em sua frente, esperando que a mãe a respondesse.

– Sim – disse Helena abrindo os olhos –, estou, sim, filha, estou bem.

A menina abraçou a mãe com toda a força, quase a sufocando.

– Que medo, mãe. Você ficou falando coisas e tremendo. Depois seu corpo amoleceu, parecia que estava morrendo.

Helena respirou fundo, enchendo completamente os pulmões.

– Está tudo bem, filha – respondeu a mãe, por fim. – É bobagem, está tudo bem! A mamãe está bem.

No quarto do fundo da casa, enquanto Helena tinha as visões do passado, uma luz brilhava na caixa que guardava os objetos reunidos por ela durante os anos de investigação. Era uma luz que brilhava quase toda noite desde que ela e o marido haviam voltado do cemitério.

Dia após dia, a intensidade daquela luz estivera aumentando e naquele momento chegava quase à intensidade máxima. Durante o dia, enquanto Helena manipulara aqueles objetos, não tinha conseguido notar, mas, se estivesse ali naquele momento, certamente perceberia.

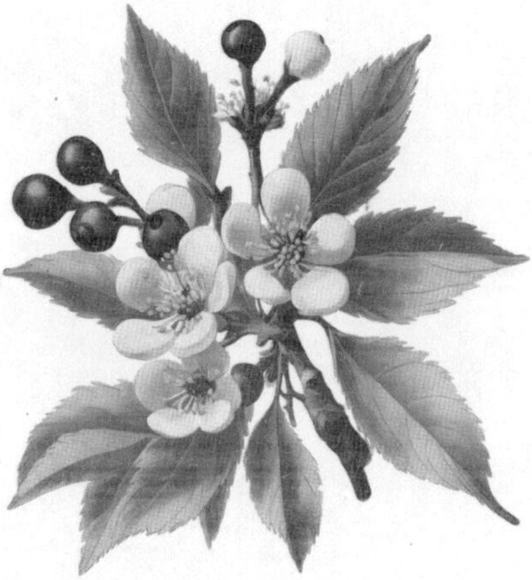

CAPÍTULO 23
O único caminho

Mais uma vez Helena reuniu os objetos sobre a mesa da sala e decidiu observar. Em seu pensamento tinha a sensação de que havia perdido algum detalhe em relação a toda a história, e esta seria a última chance de descobrir qual era.

Beatriz tinha ido para a escola e Jefferson ao trabalho. Eles haviam combinado que, se alguma novidade surgisse, Helena entraria em contato, e juntos decidiriam o que fazer. Jefferson estava decidido a realizar o ritual descrito no diário de Antony, se fosse preciso, e mesmo sem a aprovação da esposa já havia preparado quase tudo o que era necessário. No relato descrito no diário, todo o ritual era dedicado à estranha estátua que haviam encontrado no cemitério. O sacrifício, a árvore *blackthorn*, a noite do aniversário, tudo era dedicado e direcionado à escultura.

Helena se recusava a fazer tal coisa. Mesmo que isso trouxesse consequências devido à maldição, não podia ceder ao desejo de matar sabendo do que acontecera no passado com quem escolhera aquele caminho.

– Eu não vou vender minha alma a algum tipo de demônio, para viver mais dois ou três anos – vociferou, irritada, enquanto discutiam. – Uma vida dedicada ao mal não é o que eu quero para mim... e, se eu não resistir ao desejo de matar pessoas, meus pais nunca aprovariam isso.

– Mas estamos sem tempo e não sabemos se existe uma alternativa – respondeu o marido. – Se a maldição for real como você está me dizendo que é, ou fazemos isso ou a Bia nos perderá para sempre.

Quase trinta anos depois da morte dos pais, Helena via a história se repetir bem na sua frente, desta vez tendo ela própria como protagonista. Os dois estavam discutindo na cozinha, e Beatriz permanecia distante, sem entender o que poderia estar acontecendo com os pais. Naquele momento, Helena se deu conta do motivo de seus pais não terem lhe contado nada: era impossível explicar tal situação para a filha sem causar desconfiança ou desespero. Para garantir a segurança e o futuro da menina, Bia não podia saber de nada.

Cada objeto depositado sobre a mesa e que ela observava com atenção remetia a lembranças e situações que vivera anteriormente. A carta-convite, o galho da árvore, a foto, a estátua, o medalhão.

De repente, Helena se deu conta de que o medalhão e a estátua se pareciam. Era como fossem feitos do mesmo material, como se tivessem textura e tonalidades semelhantes. Ela pegou o medalhão e o segurou nas mãos. Na parte frontal, o medalhão estava entalhando um galho com espinhos e a fruta da árvore que dava origem ao nome da família; e, na parte de trás, havia um retângulo. Quase sem acreditar, Helena fixou os olhos no retângulo da parte de trás do medalhão, cujo contorno parecia brilhar como se fosse iluminado por uma bateria. Era um brilho tênue, mas visível a olho nu.

Cautelosa, ela girou o medalhão e afastou-o dos olhos para tentar ver melhor. De imediato o brilho aumentou de intensidade, ficando agora nitidamente visível. Ainda sem entender,

Helena correu até as janelas e portas, fechando-as de uma forma que diminuísse a luz do ambiente. Apagou a luz e olhou para o medalhão mais uma vez.

A luz tinha diminuído novamente, mas ainda estava ali. Ela caminhou ao redor da sala, tentando achar uma posição em que a luz ficasse mais intensa. Não demorou para encontrar o lugar exato onde o brilho era tão forte, que chegava a incomodar. Não pareceu surpresa quando confirmou que a estátua e o medalhão eram objetos que reagiam entre si. Vindos de um mesmo lugar ou criados a partir de um mesmo objeto, aqueles eram itens irmãos.

Helena mais uma vez olhou para o medalhão, e agora tudo ficava ainda mais claro. Aquele retângulo era o mesmo que havia visto na noite anterior e representava uma porta. Uma porta que ela vira mais de uma década antes, no local aonde tinha ido depois de receber o convite. Se existisse uma forma de enfrentar aquela maldição, ela encontraria naquela casa, era para lá que deveria ir, e era lá onde deveria estar aquela noite.

Sem demora, Helena escreveu um pequeno bilhete, juntou todos os objetos que estavam sobre a mesa e saiu.

Quando Jefferson chegasse, no fim daquela tarde, encontraria o bilhete e saberia que Helena não havia desistido de sua família, que lutaria por eles até os últimos limites.

> Nunca estaremos livres se eu não eliminar as amarras criadas por mim e por aqueles que vieram antes.
> Para isso, preciso encontrar sozinha o caminho. Espero que entendam.
>
> Amo vocês para todo o sempre.
> Helena

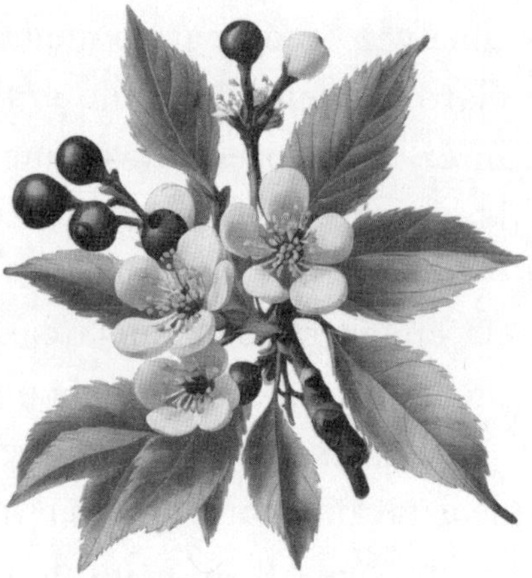

CAPÍTULO 24
De volta à casa Blackthorn

Helena tinha chegado a Paranapiacaba no meio da noite, mas decidiu esperar do lado de fora até que as ruas ficassem vazias e sem curiosos. Ela estava certa de que alguma coisa aconteceria naquela noite e de que, de alguma forma, saberia quando chegasse a hora. Toda aquela história não envolvia somente a ela mesma, e isso ficava claro a cada minuto. Seus ancestrais, seus pais, o sonho da noite anterior e todos aqueles objetos que estava carregando eram um sinal de que várias gerações da família haviam se esforçado para quebrar aquela maldição, haviam se esforçado para que ela estivesse ali naquele momento.

A casa centenária era por certo o centro de toda a história da família e o local preparado para a realização de qualquer ritual que fosse necessário para quebrar a maldição que carregava consigo desde que havia chegado ao mundo. Enquanto esperava, Helena observava a construção, com olhos atentos a cada detalhe. Uma coisa que não havia reparado em sua visita anterior, mas agora estava evidente, era que todo o terreno onde a casa fora construída era atravessado por abrunheiros adultos os quais, especialmente naquela noite, mesmo fora de época, estavam forrados de frutos e folhas.

— Blackthorn — disse ela, quando viu as árvores — é um dos itens necessários para a realização dos rituais.

E eram muitas. Mesmo mal-iluminadas pelas luzes fracas e bruxuleantes da rua, Helena contara pelo menos treze.

A rua ficou vazia por volta das dez e meia da noite, e foi neste horário que ela saiu do carro.

O vento vindo da serra estava frio e úmido e a atingiu assim que saiu do carro. Decidida, ela abriu o porta-malas e pegou a caixa com os objetos. Em seu interior, o colar e a estátua brilhavam ainda mais fortes do que na última vez que ela os havia aproximado. Após ter certeza de que estava tudo ali, tampou a caixa, pegou-a com cuidado e, levando-a consigo, atravessou a rua.

O pequeno portão de metal que protegia a entrada estava enferrujado e rangeu assim que ela o empurrou. O mato estava ainda mais alto do que na última vez que estivera ali, e as paredes desgastadas, pretas e umedecidas, estavam repletas de visgos que subiam e desciam por todo o contorno, como veias pulsando sob a pele.

Helena sentiu um calafrio quando chegou à porta da frente. Uma avalanche de pensamentos preencheu seu interior, impedindo que sequer tocasse na maçaneta. Sua mente visualizava os pais sobre a bancada fria do necrotério, o corpo enforcado de Antony sobre o túmulo coberto de sangue, a fila de antepassados mortos no sonho que tivera na noite anterior... de repente, ela percebeu que poderia ser a próxima, que talvez seu destino não fosse quebrar a maldição, mas fazer parte dela.

A Lua estava cheia, mas algumas nuvens pesadas cobriam parcialmente a luz refletida pelo astro. Helena olhou para o céu por alguns segundos e, recuperando sua coragem, avançou para abrir a porta. Porém, antecipando seu movimento, a grande estrutura de madeira avançou alguns centímetros, deixando um vão entre o exterior mal-iluminado e o interior totalmente escuro.

A porta havia se aberto sozinha.

Sem pensar no que pudesse ter causado aquele movimento, Helena terminou de empurrar a estrutura até que estivesse totalmente livre e entrou.

A casa continuava mobiliada, e lençóis brancos cobriam os móveis para evitar que ficassem empoeirados e encardidos. As luzes não funcionavam e algumas janelas quebradas faziam com que as cortinas balançassem. A casa estava sem luz há muito tempo, mas Helena já tinha estado ali e sabia que, com a ajuda do celular, não seria difícil chegar ao segundo andar. Ela pegou o aparelho para ligar a lanterna, mas, neste momento, antigas velas parcialmente queimadas se acenderam uma a uma, sem qualquer explicação.

As chamas agora acesas formavam um corredor que guiava o caminho até o lugar aonde Helena precisava ir. Ela estava apavorada e mais uma vez parou, demonstrando surpresa com o que via à sua frente. Parecia impossível, mas a casa era mais assustadora iluminada daquela forma do que na total escuridão.

A sala por onde estava entrando era repleta de quadros de pessoas e famílias nas paredes, sendo que muitas delas pareciam pintadas a óleo em épocas em que nas quais fotografias eram raras ou nem existiam. Pensando na segurança da filha e do marido, a arquiteta evitou olhar para aquelas molduras e atravessou o cômodo com passos apressados.

À medida que Helena avançava pelo corredor, as sombras se fechavam ao seu redor, envolvendo-a como um abraço misterioso. A cada passo, murmúrios inaudíveis pareciam sussurrar histórias há muito esquecidas, de lamentos que nunca cessavam. Dentro da caixa, o medalhão e a estátua, como se estivessem sintonizados com a energia daquele local, continuavam a emitir um brilho suave e contínuo.

Quando chegou ao fim do corredor, Helena deparou-se com a escada que levava até o andar superior. Sem olhar para os lados, apressou ainda mais o passo. Atravessou o corredor estreito e apertado até chegar à porta da sala onde tudo havia começado, mais de vinte anos antes.

CAPÍTULO 25
Um sacrifício

Helena abriu a porta e entrou. A sala estava exatamente da mesma forma que havia deixado anos antes. O baú de objetos entreaberto, o balcão com a caixa que acomodara o colar, a porta que parecia levar a lugar nenhum... nada havia mudado.

Misteriosamente, a mesma vela que estava acesa naquele dia continuava a queimar de maneira incansável, mesmo não sendo algo possível de acontecer em um mundo real.

Helena olhou para o relógio, que indicava faltarem vinte minutos para a meia-noite. Sem demora, ela espalhou os objetos pelo balcão empoeirado, deixando a estátua próxima ao colar.

O brilho emanado dos dois objetos era lindo e a encantava, como as imagens que ela havia visto em seu sonho. Mas no sonho havia duas luzes separadas, e não juntas, como estavam naquele momento. Com mais atenção, ela começou a vasculhar o quarto à procura de algum outro item que brilhasse ou pudesse indicar outra direção, mas não havia nada. A mulher tentou separar os dois objetos, mas, sempre que os afastava, as luzes diminuíam a intensidade apenas por conta da distância.

– Tem que haver alguma coisa – disse ela –, alguma coisa que eu possa fazer.

Helena se voltou novamente para a porta que tentara abrir no primeiro dia em que estivera naquela sala e repetiu o gesto. A porta permanecia trancada. A arquiteta tentou examinar o contorno, os vãos, mas as únicas coisas que existiam eram a maçaneta sem fechadura e um alojamento ao centro.

Por um instante, teve uma ideia que inicialmente lhe pareceu absurda, mas que não custaria nada tentar. Pegou então o colar e, tirando-o do lado da estátua, acomodou-o no alojamento que havia ao centro da porta. O colar encaixou perfeitamente no local que parecia ter sido esculpido para acomodá-lo, mas nada aconteceu. Não se ouviu um barulho, nem sequer uma luz foi emitida; ambos os objetos simplesmente se apagaram e ficaram imóveis em seus lugares.

– O que eu não estou entendendo? – sussurrou ela.

Sem desistir, Helena voltou à caixa de objetos e pegou o diário de Antony. Seu ancestral tinha conseguido fazer um ritual e deixado informações do que fazer para que funcionasse com outras pessoas. As mensagens talvez tivessem a resposta que ela estava procurando.

Helena folheou os livros e leu mais uma vez as páginas que falavam sobre o tema.

O ritual me permitirá viver por mais um ano, mas precisa conter todos os itens necessários.

Um altar ou um túmulo, uma árvore viva de blackthorn, a noite exata do cumprimento da maldição e um sacrifício.

Ela tinha tudo: a casa era o altar, as árvores eram muitas e estavam por todos os lados, aquela era a noite correta, mas ainda lhe faltava um item, exatamente aquele que se negara a fazer. Jamais mataria um animal ou qualquer ser vivo para que pudesse viver mais, sabendo que aquilo poderia levá-la a uma sede de sangue insana e incontrolável. Mesmo que fosse para ficar ao lado da filha, preferia perder a própria vida em vez de correr aquele risco.

Por um instante, Helena voltou a se desesperar. Não sabia o que fazer, não entendia como tudo aquilo funcionava e estava muito cansada. Como no dia em que estivera com o doutor Manzany, seu desejo naquele momento era desistir, desistir de tudo e esperar que a maldição fizesse seu papel. Sentia-se sozinha e quase sem forças para continuar.

Mas o sonho havia revelado uma segunda luz e, se quisesse seguir com a vida ao lado daqueles que amava, Helena precisava encontrá-la.

Foi então que, como em uma revelação, a arquiteta teve outra ideia. Antony dissera que o primeiro sacrifício havia sido de um roedor, a vida de um animal pequeno tinha sido suficiente para que a maldição fosse adiada. Havia uma alternativa.

Helena, certa do que estava fazendo, pegou um banco de madeira e, atirando-o na parede, fez com que se quebrasse em vários pedaços. Entre os pedaços, pegou uma lasca de madeira e segurou em uma das mãos.

Seu coração batia acelerado, e seus olhos estavam fixos no objeto afiado como a lâmina de uma faca. Se o sacrifício era a única forma de seguir adiante, a mulher deveria reunir coragem e fazer o necessário.

Lentamente, Helena encostou a ponta da madeira sobre a palma da mão e então, em um movimento rápido e, quase inconsciente, puxou com toda a força, fazendo um corte longo e profundo.

De imediato, um sangue vermelho e denso brotou de sua pele, formando uma pequena poça no membro que estava agora em formato de concha. Helena caminhou de volta para a porta, pegou o medalhão e colocou-o sobre o sangue, apertando-o contra a palma da mão com toda a força.

Alguns segundos se passaram e, de repente, de forma lenta e contínua, o medalhão foi sugando o sangue, preenchendo os sulcos em formatos geométricos, até que estivesse totalmente vermelho. Então, como em um passe de mágica, seu brilho e o brilho da estátua que estava sobre a bancada se intensificaram dezenas de vezes mais do que acontecera quando estavam juntos.

Helena abriu a mão e, levando o medalhão até a porta, devolveu-o para o alojamento. O brilho intenso se espalhou pela porta e pelos vãos de seu contorno. Com o coração saltando do peito, Helena esticou a mão e girou a maçaneta.

Diferentemente das outras vezes, a passagem que estivera trancada desde a construção daquela casa se abriu com facilidade.

CAPÍTULO 26
O guardião

Helena cruzou a porta iluminada pela luz do medalhão e surgiu em uma sala muito parecida com aquela da qual havia saído. Com os conhecimentos de arquitetura, era simples perceber que a geometria era a mesma e que os móveis também estavam dispostos em seus locais de origem. Se prestasse bem atenção, tudo seria idêntico, se não fosse pela ausência da estátua que havia trazido consigo e pela presença de um livro sobre a bancada.

Aproximando-se mais para ver do que consistia o exemplar, Helena percebeu que a capa do livro era encadernada em couro e continha o mesmo símbolo familiar dos Blackthorn, circulado por desenhos e escritos de origem hebraica ou egípcia. Considerando as características e os desenhos, ela concluiu que aquele era um grimório, um livro de feitiços e magias antigas. A mulher ameaçou tocá-lo, mas, antes que o fizesse, o livro se abriu e as folhas foram virando rapidamente, até chegarem a uma página sem escritos ou desenhos, uma página totalmente em branco.

Após alguns segundos, como em um passe de mágica, letras começaram a surgir, uma após a outra, revelando a história que tentara descobrir desde a morte de seus pais, a maldição que por gerações perseguia a família Blackthorn. Parágrafo a parágrafo, letras e palavras preenchidas contavam a história dolorosa e sombria que envolvia a linhagem dos Blackthorn. Helena, com os olhos fixos nas palavras que emergiam, sentiu uma mistura de tristeza e assombro ao descobrir a verdade que por tanto tempo permanecera oculta.

A maldição que pairava sobre os Blackthorn era uma sentença cruel, uma sombra que se estendia por gerações. A cada geração, uma tragédia recaía sobre a família, ceifando a vida de pais e mães, deixando os filhos órfãos e destinados a repetir o ciclo. As lágrimas de Helena umedeceram as páginas do livro enquanto ela lia sobre as vidas perdidas, os destinos entrelaçados e a dor que marcava cada capítulo da sua história e de seus ancestrais. A maldição explicava a perda trágica de seus pais e a solidão que a acompanhava desde então. Cada nascimento na família era celebrado com a sombra iminente da maldição, e a vida dos membros de sua família tornou-se uma dança sombria com o destino.

De repente, os escritos cessaram e uma voz ecoou na sala, nítida como se fosse dita por alguém que estivesse a seu lado.

"Helena Blackthorn, tu és a atual portadora da maldição e deves escolher seu papel nesta história sombria. A casa construída por seus antecessores é um portal entre o presente e o passado que permite a você mudar o futuro. Tuas escolhas moldarão não apenas o teu destino, mas o destino de toda a linhagem Blackthorn."

Helena tentou procurar a origem da voz, mas não havia qualquer sinal de onde poderia estar vindo. A voz fez uma breve pausa e continuou:

"Por séculos eu venho esperando alguém capaz de quebrar essa maldição. Mas, mesmo deixando rastros pelo caminho, o que presenciei foram céticos que negaram seu passado e covardes que lamentaram o destino que lhe foi

imposto. Tu és a primeira que conseguiu reunir todos os elementos para abrir a porta e com isso permitiste que eu pudesse me materializar. Agora, mesmo que seja em uma forma parcial, eu posso me comunicar e desta maneira guiar-te pelo caminho.

Para poder me aproximar de vocês, eu me autodenominei o Guardião, mas logo perceberás que não sou apenas mensagens escritas ou uma voz que ecoa na sala."

Por um momento, Helena pensou em não acreditar no que estava acontecendo, mas, depois de tantas mensagens deixadas pelo caminho, do brilho intenso de um colar feito de pedra e da porta que abrira misteriosamente na sua frente, não tinha como negar tudo aquilo que estava acontecendo em sua vida. A mulher olhou para a porta pela qual havia entrado e viu a sala idêntica àquela em que estava naquele instante. Imaginou que, se aquela casa fosse um portal para o passado, como o Guardião havia dito, na porta que levava à saída daquela nova sala ela encontraria o caminho do qual ele havia falado. O caminho que a levaria à origem de toda aquela história.

Assim como ocorrera minutos antes, Helena viu um brilho similar ao do colar surgir na porta de saída e iluminá-la em todo o seu contorno. Mais uma vez, a arquiteta abriu a porta que parecia chamá-la para seu destino e, sem pensar nas consequências, saiu.

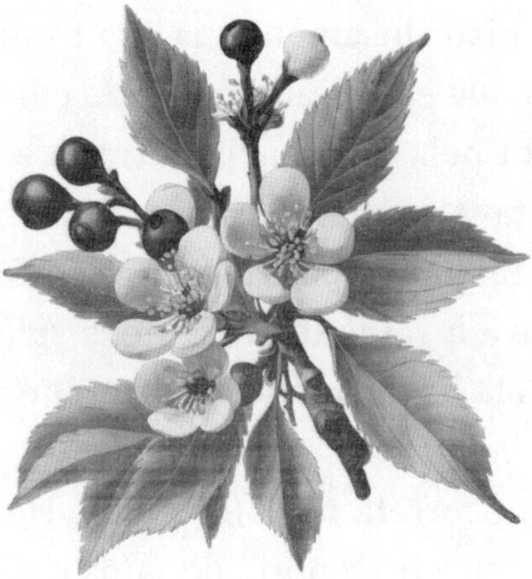

CAPÍTULO 27
A gruta das memórias

Assim que cruzou a porta, Helena encontrou um corredor escuro e úmido. Seu sentimento inicial era de que estava em um lugar diferente da realidade na qual vivera por toda a existência. Ela sentia presenças desconhecidas, como se espíritos estivessem sussurrando ao seu redor, uma cacofonia de murmúrios que carregavam ecos do passado e prenúncios do futuro. Enquanto mergulhava nas entranhas daquele caminho desconhecido, de alguma forma sentia também a presença fraca, mas certa do Guardião com quem conversara instantes antes.

A portadora da maldição dos Blackthorn caminhou a passos cautelosos por alguns segundos, tentando desprezar os sentimentos que a incomodavam, até que subitamente o corredor se abriu, unindo-se a uma gruta imensa e escura.

Assim que adentrou o novo cenário, o chão coberto de musgo fez com que seus pés escorregassem, e as gotas de água que brotavam do teto umedeceram seus cabelos.

– Que lugar é esse? – sussurrou.

Helena nunca estivera em cavernas antes, mas, considerando o que vira em filmes e fotos, aquele ambiente não a fazia se lembrar de nenhum lugar conhecido.

À medida que os olhos de Helena se acostumavam com o ambiente, foi possível perceber diversos pontos brilhantes nas paredes, que se assemelhavam a vaga-lumes em uma noite sem Lua. De repente, por uma fração de segundos o Guardião se tornou visível como uma figura etérea, indicando o caminho pelo qual Helena deveria avançar. Neste curto período, ela pôde perceber que se tratava de um homem com características de um explorador ou, talvez, um missionário. Mesmo vendo aquela figura fantasmagórica, Helena sentiu alívio ao saber por onde deveria seguir.

Cada passo aprofundava a conexão entre ela e as memórias enterradas na gruta. O amassar dos musgos sob seus pés ecoava como um lamento, como se a própria natureza soubesse das histórias que ali residiam. Era como se aquele local fosse um santuário das memórias de todos os membros de sua família desde as primeiras gerações. Um corredor de espíritos aprisionados entre o céu e a terra esperando a chegada de alguém capaz de libertá-los.

– Não é justo – diziam alguns sussurros.

– Nós não somos culpados – vociferavam outros.

– Por favor, nos liberte! – imploravam os mais desesperados.

Helena podia sentir a dor em seu peito; era a mesma dor que sentira no dia da morte de seus pais, uma dor que conhecia bem.

Sem ceder à dor e aos lamentos presos às paredes da gruta, a mulher seguiu seu caminho em busca de uma saída. Por algum tempo duvidou que estivesse avançando, mas depois de quase dez minutos encontrou uma luz que indicava uma possível saída. Enquanto ela se aproximava daquela abertura, uma brisa leve penetrou as narinas. Assim que cruzou a saída, a luz do Sol momentaneamente cegou seus olhos e, quando pôde olhar novamente, o que viu foi uma grande floresta.

A mata era densa, mas permitia que se andasse por trechos de vegetações rasteiras e pedras parcialmente enterradas. Helena percebeu que a mão não doía mais, olhou para sua palma e constatou que a ferida havia desaparecido. Talvez a viagem que fez pela gruta a tivesse curado ou, quem sabe, estivesse entre o mundo real e o de espíritos. O fato é que não existia mais dor nem mesmo sinais do machucado.

À medida que Helena avançava, agora pela mata, a sensação de estar imersa em um mundo à parte só se intensificava. Aquela poderia até ser a Mata Atlântica característica da região onde a casa havia sido construída, o que explicaria parcialmente como ela havia chegado até ali; mas o Sol... como explicar o Sol no topo do céu à meia-noite?

Helena caminhou com suas dúvidas por alguns minutos, até chegar à borda de uma imensa montanha. Neste instante, ela se viu diante de um espetáculo impressionante. À frente de seus olhos se estendia o vasto oceano, com suas águas azuis reluzindo sob a luz do Sol. Ao longe era possível ver um navio ancorado a alguns metros da costa, cujas velas balançavam ao sabor dos ventos. Sua imponente estrutura erguia-se majestosamente contra o horizonte. Na praia, viam-se três pequenos botes atracados na areia branca, como sentinelas silenciosas aguardando o retorno de companheiros ou talvez de seu capitão. Helena sentiu uma urgência crescente dentro de si, como se cada detalhe daquele cenário fosse uma peça essencial para desvendar o enigma que a havia levado até ali.

O brilho que sinalizava a presença do Guardião permanecia ao seu lado, observando silenciosamente enquanto ela absorvia a grandiosidade da cena diante de si. A brisa marinha lhe acariciava o rosto, carregando consigo o eco das histórias que aquelas águas haviam testemunhado ao longo dos séculos.

Helena sentiu-se envolvida por uma sensação de determinação renovada. Ela sabia que alguma coisa estava acontecendo naquele lugar e que aquilo envolvia a maldição derramada sobre sua família. Se ela havia chegado até ali, era possível que conseguisse avançar e enfrentar o responsável pelo início de tudo, a pessoa que causara a maldição.

Precisava seguir em frente se quisesse ser livre.

CAPÍTULO 28
A estrada de pedras

Descendo cuidadosamente a encosta da imensa montanha, Helena alcançou a areia branca da praia. Aquela caminhada havia durado algumas horas, e o Sol já se preparava para desaparecer no horizonte. Para sua surpresa, os pequenos botes ainda aguardavam sem qualquer movimentação em relação ao que ela vira do alto da montanha e, por um instante, a arquiteta imaginou que pudessem ter sido abandonados. Mas foi só quando se aproximou mais um pouco que notou pegadas recentes na areia. Pessoas havia saído daquele barco nas últimas horas e deixado marcas que agora serviriam como guias para sua jornada na busca pela verdade.

As pegadas deixadas pelos tripulantes seguiam a direção oposta àquela pela qual Helena tinha chegado. Ela percebeu que essas pegadas levavam a um pequeno rio de águas transparentes que desembocava na praia. Por instinto, Helena olhou para o céu e, calculando o tempo de claridade que ainda teria, decidiu seguir a trilha. O nível da água era raso e, mesmo assim, as pegadas desapareciam por completo quando atingiam aquele ponto. Era evidente que tinham subido o rio. Aquela era uma estratégia de exploradores que evitavam matas fechadas quando podiam seguir por trechos limpos e de fácil acesso. Isso fazia muito sentido, já que poupava energia e os mantinha sempre em um trajeto conhecido.

Depois de seguir pela margem por alguns metros, Helena pôde ver ao longe um brilho dourado, como se fosse uma torre ou o telhado de alguma construção. Naquela direção havia nuvens negras que subiam pelo céu e se dissipavam muitos metros acima da mais alta das montanhas. Ela continuou avançando e não demorou para que a mata revelasse um vale e, bem ao centro dele, um conjunto de construções antigas que poderia ser identificado como uma cidade ou um vilarejo. Com o conhecimento histórico que possuía, não era possível determinar de quando eram aquelas construções ou mesmo a qual civilização pertenciam, mas, para Helena, eram certamente centenas de anos mais antigas do que as de sua época.

Deixando a margem do rio e caminhando até a cidade, a arquiteta percebeu que não havia muito tempo; o lugar tinha sido invadido e toda a sua população dizimada. O Sol se filtrava entre as fendas, iluminando o caminho que estava forrado de corpos de homens, mulheres e crianças, sendo que alguns deles ainda proferiam seus últimos suspiros de vida. Ao lado deles, armas arcaicas repousavam inúteis, mostrando que o povoado não tivera qualquer chance contra o inimigo que os havia atacado. Helena pensou em ajudar, mas não havia mais o que fazer, os responsáveis por aqueles atos tinham garantido que ninguém sobreviveria a sua investida.

Com cautela ela continuou caminhando, seguindo a luz do Guardião que ia à sua frente, até se deparar com uma estrada coberta por pedras. Ela se estendia muitos metros à frente, como um tapete rígido, e refletia os raios de Sol amarelados do pôr do sol. O cheiro agridoce de sangue estava impregnado no ar, e ela temeu pelo que encontraria no fim daquele caminho.

Mais à frente na estrada, outros corpos jaziam como testemunhas silenciosas de algum mal que infestava aquele lugar. Agora era possível identificar pelas roupas das vítimas que aqueles não eram os habitantes da cidade, e sim os invasores que por certo foram responsáveis pelas cenas vistas antes de chegar até ali. Mas o que havia causado aquilo? Quem venceu os invasores depois de tudo o que eles fizeram, depois de todo o terror que provocaram? Não demorou para que Helena deduzisse que aqueles eram tripulantes do navio ancorado na praia. Ao se aproximar um pouco mais, a herdeira dos Blackthorn percebeu que a maioria deles estava encolhida ou com os braços retorcidos, indicando que haviam passado por algum sofrimento insuportável, quase impossível de imaginar. O cenário de desolação contrastava com a grandiosidade da cidade e das estruturas de pedra que cercavam a trilha.

À medida que continuava avançando, Helena podia sentir uma energia estranha no ar. A sensação era de que o sofrimento daqueles homens se assemelhava ao seu e de toda a sua linhagem; talvez não fosse pelo mesmo motivo, mas tinha a mesma origem. Mais à frente, um templo, com suas colunas imponentes e entalhes detalhados, erguia-se como um farol do passado. A entrada, marcada por uma porta de pedra maciça, estava aberta, como um convite para o desconhecido. A luz do Guardião indicou que era chegada a hora de atravessar aquela entrada, e mais uma vez Helena obedeceu.

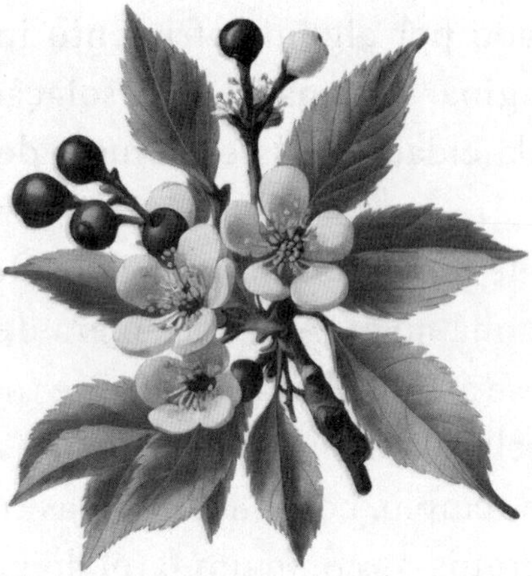

CAPÍTULO 29
A fusão das almas

Ao entrar no templo principal, Helena deparou-se com a grandiosidade do altar que se estendia diante dela. Ao pé da impressionante construção, um homem ajoelhado, envolto em lamentos, segurava uma estátua de pedra, como se aquela relíquia fosse a fonte de sua angústia profunda. De repente, desdobrando-se da luz que a guiava, o Guardião assumiu mais uma vez sua forma etérea e desferiu palavras cujo significado transcendia as barreiras da linguagem. Sua imagem turva subiu alguns metros e, no instante seguinte, avançou em direção ao homem parado à sua frente.

Então, um fenômeno inexplicável desdobrou-se diante dos olhos de Helena.

A imagem do Guardião, como se fosse uma sombra de conhecimento secular, fundiu-se com o corpo do homem ajoelhado. Uma fusão de almas que sobrepunha as fronteiras do entendimento comum. A estátua brilhou intensamente, como se uma energia há muito retirada de seu interior estivesse sendo reabsorvida. No instante seguinte, uma sombra negra começou a surgir ao seu redor. A sombra se projetou em direção às paredes, ao teto e à porta e, em poucos segundos, já havia cercado todo o salão.

Sem saber como reagir, Helena recuou alguns passos. Como era possível que tudo aquilo estivesse acontecendo? Passagens entre o tempo, almas viajando entre corpos, estátuas amaldiçoadas... Por um instante, ela desejou retomar sua vida normal. Desejou que sua casa, seu trabalho, sua família, tudo aquilo que lhe trazia segurança e conforto fossem as únicas coisas que existissem, as únicas coisas com as quais tivesse contato. Mas em seu interior ela sabia que não seria possível, não sem que ela quebrasse aquela maldição, sem que ela sobrepujasse o mal que a atormentava desde muito tempo.

Entre as sombras que saíam da estátua, vultos se moviam como se estivessem tentando escapar, buscando fugir de uma prisão que os fazia sofrer. Helena pensou em correr, mas a porta de entrada estava bloqueada e não permitia que ela saísse do templo. Sem qualquer explicação possível, alguns dos corpos que jaziam pelo caminho começaram a se levantar e, com formas grotescas e retorcidas, avançaram em sua direção.

Um dos cadáveres de estrutura disforme acelerava a velocidade a cada passo, até que começou a correr com os braços esticados e os dentes à mostra. Helena se desesperou. Não tinha como enfrentar aquele mal, não tinha como vencer o que estava desfigurando sua alma. Aquilo era infinitamente mais forte do que ela, infinitamente mais demoníaco. Ela se abaixou e pediu ao céu que fosse rápido, que sua morte não lhe causasse dor, não lhe causasse mais sofrimento.

Porém, antes que o cadáver do marinheiro a alcançasse, o homem que havia antes segurado a estátua surgiu entre eles e com um movimento rápido desferiu um golpe de espada, decepando a cabeça do ser amaldiçoado. As partes do monstro em forma humana caíram sobre o piso, fazendo um barulho oco e curto.

Outro cadáver surgiu em seguida, e o homem, com uma habilidade impressionante, desferiu um segundo golpe, arrancando parte de seu ombro e fazendo com que ele também caísse inerte. Helena se arrastou até chegar à parede e ficou esperando que mais cadáveres surgissem. Não demorou muito até que mais dois deles atravessassem a sombra em sua direção. O homem estava posicionado entre eles, esperando o momento certo para atacar e não demorou para alcançá-los. Apesar de assustadores, aqueles mortos-vivos não empunhavam armas, tinham apenas seus braços e dentes, e não parecia difícil enfrentá-los.

No entanto, essa postura de superioridade do homem fez com que ele se descuidasse, e um dos inimigos, desviando de sua investida, alcançou Helena. Assustada, ela se levantou, esticou os braços e agarrou os pulsos da criatura. O corpo daquele que um dia fora humano era forte, e Helena teve dificuldade em manter os dentes dele longe de seu pescoço. Naquele instante, ela pôde olhar nos olhos retorcidos do monstro e perceber que aquele ser não era mais uma pessoa. Seu ódio e sua sede por sangue haviam dominado sua alma, e ele agora se tornara um animal.

Antes que Helena pudesse ter qualquer outra reação ou até mesmo que a criatura sobrepujasse sua força e a alcançasse, o homem voltou a aparecer e desferiu um golpe que abriu ao meio as costas da criatura. O morto-vivo se retorceu e despencou no chão.

Todos haviam caído.

Com a respiração ofegante e as mãos sobre a cabeça, Helena se encostou de novo na parede e foi lentamente escorregando até alcançar o chão. Aos poucos a sombra foi se dissipando, retornando devagar ao interior da estátua, como se suas forças fossem limitadas e suficientes apenas para aquele único ataque.

O homem, agora de pé em frente a Helena, parecia transfigurado. Seus olhos, outrora cheios de desespero, agora brilhavam como se um véu de esperança tivesse pousado sobre seu corpo. Ele dirigiu o olhar para Helena, reconhecendo nela a esperança de mudar o destino de sua linhagem, marcada por sofrimento e morte.

Ainda envolvido por um transe causado pela união das duas partes de sua alma, que em algum momento haviam sido separadas pelo poder da maldição, ele emitiu palavras em um tom que chegava a ecoar nas paredes do templo.

"Helena Blackthorn, tua busca por respostas desencadeou a união de almas há muito separadas. Agora, a chave para quebrar a maldição reside em teu entendimento compartilhado. O passado e o presente, agora unidos, apontam o caminho adiante."

A estátua, que momentos antes liberava a sombra da morte e era segurada com desespero pelo homem, agora emanava uma luz suave. Nesse instante, Helena pôde reconhecer o objeto. Era a mesma estátua que deixara no interior da casa, antes de seguir para aquela jornada. A mesma estátua que fizera parte do ritual, que causara as mortes e que abrira o portal para aquela época. A arquiteta tinha encontrado parte do que vinha procurar; precisava agora entender como acabar com a maldição.

CAPÍTULO 30
Capitão Blackthorn, um legado de erros

A Guerra dos Cem Anos, que praticamente destruiu França e Inglaterra, acabou atrasando a presença do país britânico nas Grandes Navegações. Apesar de a guerra ter ocorrido praticamente toda em território francês, a Inglaterra perdeu muitos homens e muita fortuna neste período. Em 1485, a paz retornava com o início do reinado de Henrique VII e, com isso, o país mergulhou de vez nas Grandes Navegações.

Foi o início das empreitadas inglesas em alto-mar, período no qual alguns exploradores descobriram e colonizaram continentes, enquanto outros tinham como objetivo encontrar e "coletar" riquezas, espólios de uma guerra contra a qual não havia inimigos, apenas vítimas.

Por muito tempo, o capitão Blackthorn e sua tripulação cumpriram este propósito de maneira efetiva e silenciosa, trazendo tesouros e poder para um reino ferido e sedento por vingança. O comandante de confiança de reis e príncipes tinha um poder absoluto e um nome temido em quase toda a Europa. Sua jornada se estenderia por décadas, caso não tivessem encontrado uma civilização perdida em uma ilha ao centro do oceano Atlântico.

Helena observava o homem de maneira agradecida e ao mesmo tempo assustada. Seu olhar invasivo e a fala inesperada não traziam tranquilidade, apenas apreensão. Sua aparência era familiar, de alguém que conhecera no passado ou com quem tivera contato em algum momento de toda aquela história. Ao terminar sua fala, o homem fechou os olhos como se tivesse saído de um transe e então se recompôs totalmente.

– Esta estátua – disse ele – e vós... vós sois Helena?

A herdeira dos Blackthorn se surpreendeu com a fala do homem. Como era possível que ele soubesse seu nome?

– Eu me lembro – continuou –, de alguma forma eu me lembro do que aconteceu depois que eu parti desta ilha. Meu retorno ao reino, os tesouros que coletei... Eu tive um filho e...

Por um instante, o capitão pausou sua fala. Era como se imagens estivessem passando por sua cabeça a uma velocidade impressionante. Anos, décadas, séculos de tristeza e sofrimento causados por atos que ele já havia praticado e outros que praticaria, se voltasse para seu país levando aquele espólio.

– É neste momento que a maldição começa – disse ele, retornando à razão. – Meu filho é o primeiro da linhagem a sofrer com a maldição. Eu sou o culpado, aquele que a desencadeou. Minhas ações e o que fizemos nesta ilha causaram um mal que se estendeu por séculos. Como pude ser tão tolo?

De alguma maneira, Helena entendia o que se passava à sua frente. De uma forma que ela não sabia explicar – talvez pelos feitiços descritos no grimório, talvez pelas atitudes de antecessores, talvez pelo próprio poder da estátua e da maldição –, a alma do capitão havia se materializado parcialmente na linha futura do tempo. Ela não sabia por quanto tempo esta alma tinha vagado sozinha no mundo, mas fora tempo suficiente para se denominar "Guardião" e convencer seus ancestrais a construir aquela casa, a lutar contra a maldição.

– Agora tenho consciência dos erros que cometi – continuou o homem – e preciso rever meus feitos se quiser que o futuro de todos, que o teu futuro, seja diferente.

Helena se levantou e olhou mais uma vez para ele.

– Mas – fez uma pausa e olhou para ela – eu não sei como fazer. Talvez este seja o motivo pelo qual estás aqui. Talvez sejas a chave, aquela que erradicará o mal para sempre.

– Não! – vociferou ela imediatamente. – Eu fui guiada até aqui por aquele que se chamava Guardião, mas preciso voltar. Eu já o trouxe até aqui. Você precisa resolver, você foi o causador deste mal e você deve eliminá-lo.

O homem continuou, sua voz ecoando nas paredes do templo.

– Tu precisas retornar este objeto ao seu lugar de destino; caso contrário, esta maldição nunca vai acabar. Trazes contigo o lamento e a esperança de todas as gerações de Blackthorn ao longo dos séculos, és a única que pode nos guiar até este destino. Eu errei ao vir até esta ilha, esta civilização foi abençoada e, quando me apossei de seu tesouro, transformei essa bênção em uma maldição.

A estátua brilhante, agora carregada de significado e poder, emanava uma aura que indicava sua conexão com algo maior. Helena sentiu a responsabilidade que recaía sobre seus ombros, a compreensão de que a chave para quebrar a maldição estava diretamente ligada à devolução da estátua ao seu local de origem.

– O destino da linhagem Blackthorn depende de tua escolha. A estátua é o elo entre os mundos, e sua devolução é crucial para desfazer os laços que prendem nossas vidas à maldição.

Helena, guiada pela consciência que agora fluía através dela, pensou por alguns instantes. De fato, não havia alternativas para acabar com a maldição. Se quisesse pôr fim a tudo aquilo, precisava seguir até o fim. O homem frente dela era um guerreiro, um explorador que havia navegado por muitos mares. Considerando sua coragem e seu orgulho, ele não pediria ajuda se aquela não fosse a única alternativa.

Juntos, os dois partiram do templo. A estátua, carregada de significado, parecia estranha nas mãos de Helena, como se quisesse ajudá-los e ao mesmo tempo impedi-los de realizar aquele feito. Era como a juíza de um tribunal guiando o passado e o presente na busca pela reconciliação.

Ao fim, a linhagem Blackthorn, marcada por séculos de erro e sofrimento, estava agora diante de uma oportunidade única para mudar o curso da história.

CAPÍTULO 31
Um caminho sobre as águas

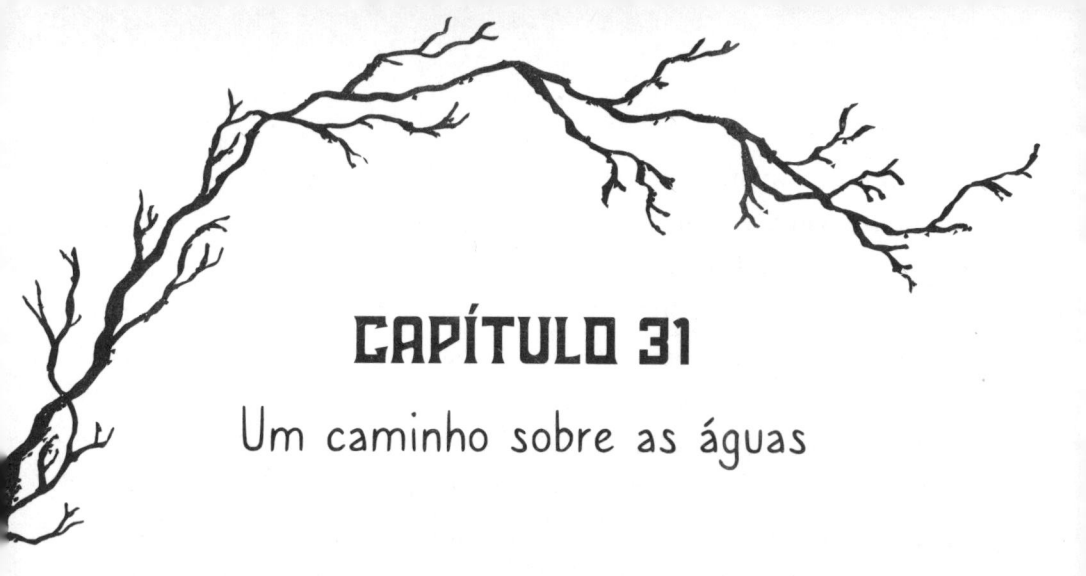

No caminho de volta ao barco, Helena tentava aceitar o que estava acontecendo. Era inacreditável que estivesse ali, mais de quatrocentos anos antes de seu tempo, frente a frente com a história de seus ancestrais. Em um futuro como no que vivia, onde máquinas gigantescas voavam pelos céus e pessoas interagiam através de telas minúsculas de celulares, ser lançada ao passado era algo impensável. Mas aquela era a origem de seus pais, a origem de seus avós e daqueles que vieram antes deles. Quando ouvia amigos dizerem que eram filhos de imigrantes europeus ou africanos, muitas vezes, como muitos, desprezava a história. Porém, eles eram a raiz de tudo, de nossos costumes, de nosso comportamento, de nossas conquistas e de nossos traumas. Estava na hora de quebrar a corrente que a unia à parte prejudicial desta história, e Helena enfim se deu conta disso.

Os poucos raios de Sol que ainda coloriam o céu foram desaparecendo à medida que o bote com os dois se aproximava do navio. Antes de chegarem, Helena percebeu que a embarcação não possuía motores ou qualquer forma de impulsionamento mecânico; a única fonte de movimento eram as enormes velas que a empurravam. A estrutura de madeira e o perfil curvado se assemelhavam aos de uma caravela, mas as bandeiras inglesas causavam certa dúvida sobre como poderia chamá-la.

Quando atracaram, alguns marinheiros vieram recebê-los e logo perceberam que seus colegas não estavam mais com eles.

– Onde estão os homens, capitão? – perguntou um deles. – E quem é esta mulher que se veste de forma estranha?

Helena olhou para si mesma. Tinha se esquecido de que seus trajes poderiam causar estranhamento a quem não conhecia o futuro. O capitão, devido à união das almas, sabia muito sobre o futuro, mas aqueles homens não tinham ideia de quem ou o que ela fosse.

– Eles morreram – disse bruscamente o capitão, levantando a estátua –, e nós também vamos morrer se não devolvermos esta estátua amaldiçoada. Esta mulher nos guiará; vocês não precisam saber quem ela é ou mesmo se importar com as vestes dela, apenas se preparem para partir.

Os homens começaram a conversar entre si, criando um murmúrio coletivo, como se a explicação curta e direta do capitão não tivesse surtido qualquer efeito para eles.

– Já chega! – gritou Blackthorn. – Preparem nossa partida, precisamos sair rápido se ainda quisermos sobreviver.

O temor e a surpresa se refletiam nos olhos da tripulação, mas, mesmo assustados, eles seguiram as ordens de seu comandante. Acostumados a lidar com os perigos do oceano, eles rapidamente ajustaram com destreza as velas e as cordas e partiram com o barco em direção ao mar aberto. Helena, embora ainda se adaptando ao ambiente desconhecido, ficou impressionada com a forma como todos manuseavam seus afazeres de maneira hábil e coordenada. Enquanto o navio começava a se movimentar, ela olhou para a costa e um frio percorreu sua espinha. Estava deixando para trás a gruta e, com isso, a passagem de volta para a casa. Não sabia se aquele era o único caminho, mas a sensação era de que voltar estava ficando cada vez mais difícil. Mas, se sua morte fosse o preço para mudar a vida de Beatriz e daqueles que viessem depois dela, Helena estava disposta a pagar.

A caravela cortou as águas, abandonando o local que foi palco daqueles eventos sobrenaturais. O vento impulsionava as velas, mas eles ainda não sabiam qual direção seguir ou para onde levar a estátua. Não demorou para que Blackthorn chamasse Helena até a sala de navegação.

– Para onde? – perguntou ele.

Na sala de navegação, sob a luz trêmula das velas, Blackthorn esperava ansioso para que a mulher vinda do futuro pudesse indicar a ele qual caminho seguir. Sobre uma mesa de madeira, Blackthorn colocou a estátua reluzente e diante deles abriu o mapa do mundo conhecido. Helena reconheceu aqueles desenhos como o Antigo Mundo, uma representação incompleta do globo, sem detalhes ou qualquer identificação dos países americanos que conhecia. O capitão indicou um local onde acreditava que eles estavam, e ela o associou como a parte do Atlântico entre a América do Sul e a África. Quando jovem, em uma de suas aulas de Geografia, tinha aprendido que aquela região tinha várias ilhas de propriedade da Inglaterra, e a arquiteta logo percebeu que o local que haviam deixado poderia ser uma delas.

– Esta civilização não é muito avançada – completou ele –, não devem ter ido longe para encontrar esta coisa. Deve ser um lugar próximo, um lugar onde eles conseguiriam acessar com suas embarcações arcaicas.

Helena não sabia o que fazer, não conhecia nada sobre navegação, muito menos sobre embarcações ou distâncias marítimas. Ela olhou para o que tinha e pensou em como chegara até ali. De repente, ela se deu conta de que tudo girava em torno da estátua, tudo acontecia quando a estátua estava envolvida. Sem prever o que poderia acontecer, Helena pegou a estátua e colocou-a sobre o mapa. Neste instante, o objeto começou a brilhar novamente e a luz que a circundava foi sumindo, transformando-se em um único feixe âmbar, que, mais forte e preciso, indicava para um ponto específico do mapa. O capitão Blackthorn pegou uma adaga e, antes que a luz retornasse ao redor da pedra esculpida, enfincou sua ponta no local indicado.

– É aqui! – disse ele, com satisfação. – Vamos medir as estrelas e logo chegaremos.

CAPÍTULO 32
Uma carta de despedida

Jefferson chegou em casa no início da noite. Ele já havia decidido como agiria em relação ao futuro da família e estava preparado para fazer o que fosse necessário na busca por uma solução definitiva para os problemas que estavam enfrentando. Quando entrou em casa, ele carregava em uma gaiola de metal um exemplar de fêmea da raça de ratos brancos mais comum para criação em laboratórios e experimentos. Não tinha sido difícil conseguir um exemplar como aquele, já que era vendido na maioria das lojas de animais ou mesmo em alguns shoppings.

Ele não havia falado com Helena durante boa parte do dia, pois havia entendido que a esposa necessitava encontrar paz no que estavam pretendendo fazer. Jefferson sabia dos problemas da companheira nos muitos anos que estavam juntos, de suas dificuldades, e contribuir para ela encontrar paz em suas escolhas era algo que jamais se negaria a fazer. O fato é que era ela quem precisava aceitar definitivamente o que havia acontecido para que o passado fosse superado e o futuro pudesse ocupar seu lugar na vida da família. Esta ação não cabia a mais ninguém, somente a ela.

– Cheguei – disse ele, abrindo a porta. – Onde estão meus amores?

A casa estava silenciosa. Já estava escuro, mas as luzes seguiam apagadas e nenhum eletrodoméstico estava ligado.

Jefferson deixou o animal ao lado da porta e caminhou até a cozinha. Estava vazia, a pia arrumada e nenhum sinal de que alguém estivesse na casa.

De repente, seu coração disparou no peito. Tinha alguma coisa errada, alguma coisa que ele não havia previsto. Ele começou a vasculhar os quartos, olhar os cômodos, o quintal, os banheiros, mas não havia ninguém.

Com as mãos trêmulas, pegou o celular e fez uma ligação, primeiro para a esposa. O celular fez silêncio por alguns segundos e então uma mensagem eletrônica começou a ser ouvida: "Após o sinal, deixe sua...".

Jefferson desligou e procurou o número da filha na agenda.

– Oi, pai – ouviu a voz de Beatriz após alguns segundos.

– Onde você está, filha?

– Na casa da Malu, pai! A mamãe disse que eu podia vir para cá depois da escola. Disse que tinha que sair e que você vinha me buscar quando chegasse – respondeu a filha. – Por quê, algum problema?

– Não, filha. Está tudo bem, talvez eu demore mais um pouco para te pegar. Acha que atrapalha se você ficar aí até mais tarde?

– Espera aí – pediu a menina, fazendo uma pausa. – Não, pai! – continuou ela, após alguns segundos. – A mãe da Malu disse que, se precisar, inclusive eu posso dormir aqui, não tem problema. Ela até me comprou um bolo, pra comemorar o meu aniversário!

– Que legal, filha! Agradece a ela, por favor – completou ele. – Depois eu te ligo.

Jefferson desligou o telefone e olhou para a casa vazia. Não deveria ter deixado Helena sozinha, não naquele momento. Tinha sido uma decisão errada, uma decisão que poderia colocar fim a tudo o que tinham planejado, tudo o que haviam feito até aquele momento.

Desesperado, ele voltou a procurar. Lembrou-se da caixa, das coisas que haviam reunido, das coisas de que precisariam para realizar o ritual. Não estavam na casa; por mais que procurasse, não encontrava nada, nem a caixa nem qualquer um dos objetos.

Mais uma vez Jefferson tentou ligar para o celular de Helena, mas a ligação não era completada, e sempre a mesma mensagem era ouvida no aparelho. Ele também tentou mensagem de texto, localização, mas nada funcionava.

Sem alternativa, o marido passou a revirar a casa, cada canto, cada pequeno espaço. Devia existir uma pista, alguma coisa que indicasse para onde a esposa havia ido ou o que havia feito.

Ele voltou à cozinha e abriu todos os armários. Em um deles, estavam as caixas dos remédios que Helena deveria tomar regularmente. Para sua surpresa, a maioria das cartelas ainda continha cápsulas não violadas, enquanto algumas das caixas nem sequer haviam sido abertas. Como não vira aquilo? Como não percebera o que esteve à sua frente durante todo o tempo?

A procura continuou: Jefferson vasculhou quartos, banheiros, garagem, até que, embaixo da mesa de centro da sala, encontrou um bilhete. Imediatamente ele deduziu que o vento ou alguma coisa havia derrubado o papel que ficara escondido sobre a tampa do móvel. Ele desdobrou o papel e leu o bilhete com atenção.

> *Nunca estaremos livres se eu não eliminar as amarras criadas por mim e por aqueles que vieram antes.*
>
> *Para isso, preciso encontrar sozinha o caminho. Espero que entendam.*
>
> *Amo vocês para todo o sempre.*
> *Helena*

Mais uma vez, o coração de Jefferson bateu acelerado no peito. Ela tinha ido resolver sozinha o que tinham decidido enfrentar juntos. Não era possível! Sozinha ela estaria vulnerável e poderia não conseguir, era muito até mesmo para os dois. Decidido, ele olhou para o relógio. Precisava ir ao seu encontro, precisava encontrar uma maneira de ajudá-la.

No entendimento do marido, havia dois lugares aos quais Helena poderia ir para anular a maldição: o cemitério ou a casa abandonada de Paranapiacaba. Olhando para o relógio novamente, ele percebeu que já se passava das vinte horas e o tempo estava se esgotando. Caso saísse naquele exato momento, levaria uma hora para chegar ao cemitério e pelo menos mais três para chegar à casa.

Precisava decidir aonde ir, e isso seria crucial para que chegasse a tempo. Se escolhesse o destino errado, poderia chegar tarde demais e perderia Helena para sempre.

Ele consultou um aplicativo de trânsito e não demorou a escolher o que fazer. Com o tempo que tinha, era possível ir a ambos os lugares até próximo da meia-noite e, por isso, lhe pareceu melhor priorizar aquele que estava mais próximo.

Colocando o bilhete no bolso e pegando o animal que estava na gaiola, Jefferson saiu de casa e partiu em direção ao cemitério.

CAPÍTULO 33
Por águas sombrias

A Lua brilhava intensamente enquanto a caravela cruzava as águas na direção indicada pela estátua. Helena acompanhava pelo convés a navegação, mas a única coisa que conseguia ver era a superfície escura e imóvel que tinham pela frente. Eles já estavam navegando fazia algumas horas, e não havia sequer um sinal de terra ou qualquer outra embarcação. Os homens continuavam seu trabalho, mesmo desconfiando de toda aquela conversa que o capitão tivera com eles assim que chegou da ilha.

– Como podem todos terem morrido? – disse um deles em certo momento. – Eram homens treinados e corajosos, não poderiam morrer apenas por conta de uma estátua de pedra.

– Eu acredito em maldições, tenho certeza de que algo maligno os pegou – retrucou o outro com voz assustada. – Estas águas são amaldiçoadas, demônios e monstros vivem aqui. Eu avisei desde que zarpamos de Londres.

Monstros marinhos eram comuns em mapas antigos e principalmente naqueles desenhados na Idade Média e Renascença, pelo fato de estarem envolvidos no período de expansão dos europeus por meio dos oceanos. Navegar nos séculos XV e XVI era uma tarefa arriscada, sobretudo quando se tratava de mares desconhecidos. O medo gerado pela falta de conhecimento e pela imaginação da época era algo comum, e muitos acreditavam que o mar pudesse ser habitado pelas mais variadas formas de monstros. Alguns marinheiros ainda carregavam consigo tais mitos, e isto se revelava em situações como aquela que estavam enfrentando.

– Bobagem!! – vociferou um terceiro, criticando a crença do companheiro. – Eu não acredito nestas besteiras sobrenaturais que falam nas tabernas. São histórias de aproveitadores para conseguir dinheiro e mulheres. Só tenho medo de coisas vivas e com estas eu sei lidar muito bem.

Não havia consenso entre eles. Alguns apoiavam o capitão, enquanto outros já falavam em motim. Mas a maioria estava esperando o próximo destino para decidir de que lado ficaria.

Em um certo momento, o capitão se aproximou de Helena. Ele estava sereno como alguém que sabia que não existiam alternativas para escolher. Em outra oportunidade, ou talvez outra vida, sua escolha teria sido levar os tesouros e a estátua consigo para sua terra natal, mas, por intermédio do Guardião, ele havia visto as consequências que sua ação tinha causado, e isso o fizera desistir. A presença daquela mulher ali com ele era sua redenção e a única forma de mudar aquele destino maldito. Helena tinha os olhos marejados, claramente impactada pelo destino incerto que lhe esperava.

– O caminho da redenção muitas vezes é árduo, mas a esperança é a bússola que nos guia – disse o capitão. – As lágrimas que derramas são uma expressão de força e determinação. Você é a melhor de nós, a única que conseguiu vencer seus medos em busca de liberdade. Muitos lutam contra maldições todos os dias, mas nem todos conseguem sair vitoriosos. Nunca deves te esquecer de que não estás sozinha nesta jornada.

Helena, apesar da exaustão física e emocional, agradeceu as palavras do capitão. A incerteza sobre o retorno para casa pesava em seu coração, mas a força da esperança ainda ardia dentro dela.

No início da madrugada, a embarcação se aproximou do que parecia ser uma ilha rodeada por enormes pedras pontiagudas. Por ordem do capitão, algumas velas foram recolhidas e outras aliviadas para que pudessem reduzir sua velocidade. Era um local sinistro e difícil de navegar, por isso decidiram avançar com cautela.

Quando se aproximaram ainda mais da costa, perceberam que não existiam somente as pedras ao redor da ilha, pois ela era inteira coberta por imensas rochas. De repente, uma neblina densa envolveu o barco enquanto navegavam entre os obstáculos, e este fenômeno atraiu toda a tripulação para o convés. Os homens conheciam os mistérios do mar, mas nada se comparava àquilo.

Helena e o capitão Blackthorn observavam tudo com curiosidade e uma ponta de apreensão. A neblina parecia ter um aspecto mágico, envolvendo o barco como um véu entre o presente e o desconhecido. Os marinheiros, fascinados pela visão, sussurravam entre si, compartilhando teorias sobre o que poderia estar além daquele manto misterioso. Alguns acreditavam em lendas antigas sobre terras encantadas, enquanto outros esperavam encontrar respostas para os mistérios que ouviam durante suas jornadas.

Ainda assim, algo naquelas nuvens não era normal, e um sentimento de apreensão coletivo de repente se instalou no navio. Um silêncio mórbido e tenebroso se espalhou por todos a bordo.

Deste momento em diante, a neblina foi ficando cada vez mais densa, como se estivesse sendo produzida mais e mais a cada metro que avançavam. Somente quando o primeiro grito ecoou o silêncio foi rasgado como por uma faca.

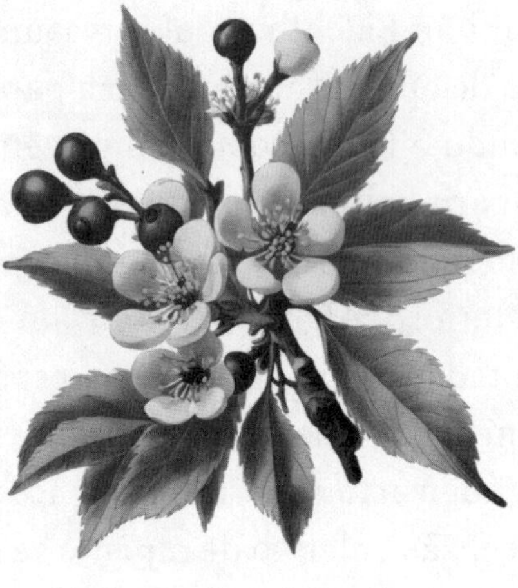

CAPÍTULO 34
O sentinela

Helena tentou discernir o que estava acontecendo, mas sua única conclusão foi que um dos marinheiros do convés havia desaparecido. Ela não sabia dizer por que ou o que era responsável por aquilo, mas estava certa de que o homem que havia gritado não estava mais no barco.

– Quem foi?! – gritou um dos marinheiros. – O que aconteceu?

– Eu não sei – respondeu um outro. – Parece que um de nós foi pego por alguma coisa.

A resposta era vaga, retrato da situação à qual estavam expostos. Ninguém tinha visto, ouvido ou percebido o que acontecera antes do grito. Novamente o silêncio preencheu a noite, e apenas o som das madeiras rangendo com o balançar das ondas podia ser ouvido.

– Eu não consigo ver as pedras! – vociferou de repente o marinheiro que estava na vigia. – Se continuarmos navegando assim, vamos colidi... ahhhhh!

Sua voz foi interrompida e, assim como aquele antes dele, o homem emitiu um grito que foi desaparecendo até sumir ao longe.

– Todos deixem o convés! Rápido! – gritou o capitão assim que percebeu o que tinha acontecido. – Protejam-se, vão para as cabines.

Aquela ordem poderia ser seguida por seus marinheiros se fosse possível enxergar além de um palmo à frente de onde estavam. A neblina que cercava o barco era tão densa, que não dava visibilidade, e poucos de seus homens conseguiram alcançar uma área protegida.

Não demorou para que outro grito fosse ouvido e então outro, e então mais um. Um a um, eles iam sendo puxados como peças removidas de um tabuleiro. Neste instante, um choque de realidade percorreu a tripulação, e o desespero se instaurou por completo.

Gritos de pânico preenchiam o ar ao mesmo tempo que todos tentavam fugir sem saber exatamente para onde. O capitão procurava guiar a tripulação, enquanto Helena buscava entender o que estava acontecendo, consciente de que outro evento causado pela maldição estava ocorrendo diante de si. Corrompidos por um encanto nefasto, os marinheiros continuavam desaparecendo na neblina.

De repente, sem que Helena pudesse prever, um tentáculo gigante avançou em sua direção, batendo com força em seu corpo. A herdeira dos Blackthorn foi lançada alguns metros à frente, colidindo contra uma das paredes externas que circulavam a sala de navegação. Atordoada pelo impacto, ela não conseguiu reagir de imediato, e demorou alguns segundos para recuperar a consciência. Agora ela sabia o que estava acontecendo, havia uma criatura naquelas águas que estava caçando os tripulantes um a um.

Mais uma vez, o tentáculo negro avançou em sua direção. Desta vez, Helena estava preparada e desviou do predador, que, com a força do golpe, rompeu a parede de madeira e deixou exposta uma abertura que expôs as mesas, os mapas e a estátua de pedra. Nesse mesmo instante, por uma pequena abertura na névoa espessa, os raios da Lua penetraram, e foi possível ver vários tentáculos gigantes erguendo alguns homens e lançando outros contra as rochas. O desespero era completo e, impotente diante do desconhecido, Helena ainda buscava alguma alternativa. Este não era o seu mundo, e ela se sentia inadequada para enfrentar tamanha adversidade.

Foi então que a arquiteta teve uma visão. A estátua tombada sobre a mesa da sala de navegação continuava a emitir seu brilho, como se sinalizasse ser a chave entre o bem e o mal, como se estivesse lhe avisando que, para mudar sua vida, para desfazer a maldição, Helena precisava fazer uma escolha, uma decisão que só cabia a ela.

Correndo até a sala de navegação, a mãe de Beatriz agarrou com firmeza a estátua, que misturava a forma de uma mulher e de um réptil, e retornou ao convés. Com uma determinação feroz, ergueu a estátua para o alto, como se estivesse desafiando as forças sombrias que os envolviam.

– Eu não sei que criatura você é, mas você não vai me impedir de concluir meu objetivo! – gritou Helena. – Eu vou terminar o que vim fazer neste tempo e nada vai me impedir.

De repente, a estátua, como se estivesse obedecendo à ordem de sua portadora, emitiu uma luz radiante que preencheu todo o barco, dissolvendo a neblina mágica como se fosse uma cortina sendo aberta. A imagem era impressionante. Enquanto a neblina se dissolvia, alguns homens caíam do céu sobre barris e velas, ao mesmo tempo que outros olhavam pela primeira vez o enorme monstro que os ameaçava. O ser maligno se assemelhava a uma lula gigante, com olhos esbugalhados e dentes na base do corpo principal. Sua pele era de uma cor arroxeada que beirava o negro da noite. Os enormes tentáculos tinham o diâmetro de tubulações de chaminés e o comprimento de extensos caminhões de carga.

Mas essa era uma criatura das profundezas, e a luz era sua grande fraqueza. Quando a claridade da estátua ampliou sua força e a extensa névoa começou a se dissipar, o monstro soltou as presas e recuou.

Sem conseguir enxergar, por conta da luz intensa, a criatura passou a se debater, despedaçando pedras e quebrando um dos mastros secundários da embarcação.

– Rápido, protejam-se – gritou o capitão, enquanto metade do mastro caía sobre o convés.

A tripulação, assustada, correu na direção oposta do gigantesco pedaço de madeira, que rolou despedaçando caixas e barris, antes de parar.

O monstro, já sem alternativas, começou a submergir seu corpo e recolher-se ao fundo das águas. O feitiço que aprisionava a caravela e seus ocupantes havia sido quebrado, revelando a realidade que se escondia nas sombras.

O convés estava agora iluminado pela luz da salvação. Helena, o capitão Blackthorn e os poucos marinheiros remanescentes olhavam em volta, percebendo que o perigo havia passado. Sem qualquer ordem ou fala do capitão, os homens que não estavam feridos correram para ajudar as vítimas que gritavam de pavor e se retorciam com cortes e fraturas pelo corpo.

– Era um kraken! Eu vi! – gritou um dos homens feridos. – Era como as criaturas desenhadas nos mapas. Nunca deveríamos ter vindo para estas águas, nunca!

CAPÍTULO 35
O cemitério de barcos

Uma mistura de alívio e apreensão se espalhava entre os marinheiros enquanto a neblina se dissipava entre as rochas. Mesmo percebendo que a criatura se fora, todos temiam pelo que ainda poderiam encontrar à frente, e não demorou até esse temor se tornar realidade. Quando todos acreditavam que a calmaria havia retornado, uma visão aterrorizante se revelou ao redor da caravela.

Iluminado pela luz que ainda emanava da estátua, todos puderam ver o lugar onde realmente estavam. O mar, que durante toda a viagem fora uma planície de águas serenas, havia desaparecido, e em seu lugar um cemitério de barcos surgira ao redor da caravela. Pedras pontiagudas se projetavam nas águas escuras, testemunhas silenciosas de naufrágios passados. Se conseguisse contar, Helena calcularia facilmente uma centena de mastros e velas distribuídos pelo caminho. Os destroços dessas embarcações estavam cobertos por corpos sem vida e seres sombrios, com olhos vermelhos e brilhantes, que os vigiavam parcialmente ocultos entre o mar e as rochas. Era um cenário macabro.

Helena, o capitão Blackthorn e o que restara dos marinheiros observavam com temor a cena que se desenrolava diante deles.

A luz da estátua lançava uma claridade sinistra sobre o cemitério de barcos, revelando detalhes perturbadores que penetravam por seus olhos e atingiam suas almas.

Ao longe, em um barco com velas vermelhas, Helena pôde ver um amontoado de corpos apodrecidos sobre a escotilha fechada do convés. Ela tentou interpretar o que havia acontecido com aqueles homens, e a primeira coisa que lhe veio à cabeça foi uma fuga malsucedida para o interior do navio. Ela se lembrou de que o capitão sugerira aquilo para seus homens, mas, se não fosse pela estátua, talvez eles tivessem encontrado o mesmo destino. Um pouco mais à frente, o capitão viu o corpo de um de seus marinheiros boiando sobre as águas. Antes que ele pudesse pensar em dar a ordem para resgatá-lo, um dos seres com olhos brilhantes surgiu na superfície e o carregou para o fundo com grande facilidade.

Helena tentava imaginar o que fazer naquele momento, mas esperar parecia a melhor alternativa.

– Eu não sei o que são estas coisas – sibilou o capitão para Helena –, mas parecem não estar nos atacando porque estamos com a estátua. Eles devem temê-la ou ao menos respeitá-la.

– E o que são esses barcos? – perguntou a portadora da maldição – São tantos... e com tantas pessoas mortas. O que será que vieram fazer aqui?

– São tempos perigosos, Helena. Tempos em que homens deixam suas terras para realizar conquistas, construir fortunas. Durante este caminho muitos perecem, às vezes por consequências de suas atitudes, e outras simplesmente por não levarem a sério os avisos que encontram na trajetória. Essas águas são evitadas por causa de histórias como esta que estamos vivendo. Elas são contadas em tabernas ou até nas ruas das grandes cidades, e espantam até os marinheiros mais corajosos. Eu jamais viria até aqui se não tivesse visto o que as lembranças do Guardião me mostraram.

Helena continuou segurando a estátua com ainda mais firmeza ainda.

– Precisamos sair daqui o quanto antes – completou o capitão. – Se continuarmos encontrando criaturas como as últimas que vimos, jamais sairemos vivos dessa jornada.

O cemitério de barcos, com suas histórias não contadas, ia se distanciando, enquanto a caravela avançava cautelosamente por entre as pedras pontiagudas. A esperança persistia, mas o desafio tornava-se cada vez mais complexo frente ao desconhecido que se desdobrava diante deles. Helena ficava surpresa a cada encontro e cada vez mais nutria a certeza de que sua presença naquele tempo era obra de uma entidade maior, um ser com poderes que não sabia como explicar, mas que dominava mares e criaturas.

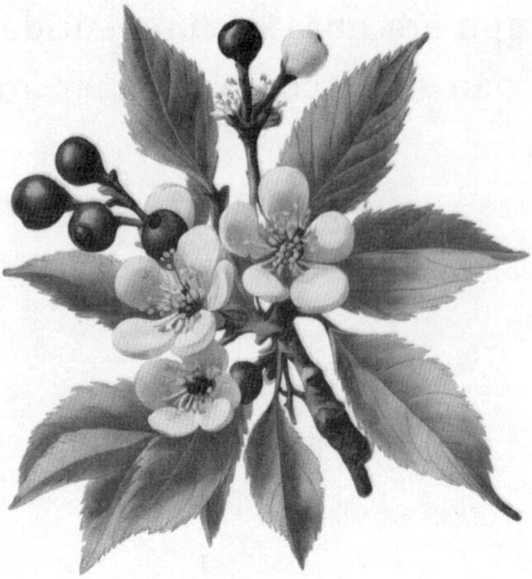

CAPÍTULO 36
Corrida contra o tempo

Desta vez, Jefferson não parou o carro na rua. Seu tempo era curto, e qualquer minuto contava. Sem se preocupar com pedestres ou mesmo outros veículos que estivessem passando por aquele caminho, ele avançou sobre a calçada e depois pelo portão que levava ao interior do parque. No mesmo instante, o cadeado rompeu, e uma das folhas foi lançada ao chão com violência.

Seu coração batia acelerado, parte por conta da adrenalina daquela invasão irracional que estava fazendo, parte pelo medo do que poderia encontrar no túmulo de Antony.

O carro, guiado com firmeza, amassou o portão caído e seguiu pela estrada coberta de vegetação. A noite estava escura e a mata fechada. Se não tivesse estado ali recentemente, Jefferson jamais entraria daquela forma em um lugar desconhecido e coberto de vegetação. Mas ele já sabia aonde o caminho o levaria e não demorou a chegar ao início do cemitério.

Tirando uma lanterna do carro, ele correu por entre os túmulos, tropeçando em ossos e pedras sem pensar no que ou em quem estava pisando. O marido precisava encontrar Helena antes que ela fizesse alguma besteira, antes que inventasse alguma nova história que ele não conseguisse controlar. Aquele homem tinha um amor incondicional pela esposa e havia feito todo o possível para ajudá-la naquela jornada. Mas, justamente quando acreditava ter tudo sob controle, havia recebido aquele bilhete e agora tudo parecia perdido.

Antes mesmo de alcançar o túmulo, Jefferson já havia concluído que aquele era o lugar errado. Ele seguiu até o local onde estiveram antes e, iluminando-o com a lanterna, percebeu que estava da mesma forma como tinham deixado. Não havia nada, Helena não estivera ali.

Sua única alternativa agora era a casa de Paranapiacaba, a casa da qual Helena havia lhe falado, mas aonde ele nunca havia ido. Pelas descrições e histórias que ela contara, o local ficava no centro da cidade, em uma parte alta e fácil de encontrar. Nas conversas que tiveram no passado, aquele era um lugar abandonado há muitos anos, com um ar sombrio e praticamente sem nenhuma segurança.

Jefferson voltou até o carro e programou a cidade destino no GPS. Eram exatamente 22h28. Considerando o trânsito até Paranapiacaba e a própria distância do lugar onde estava, o trajeto levaria em torno de 2h03.

Sua respiração quase parou quando viu a hora na tela do carro. Com sorte e se não tivesse nenhuma surpresa, o marido de Helena chegaria ao destino somente após a meia-noite.

CAPÍTULO 37
A ascensão dos medos

Não demorou até que a caravela atracasse em uma praia de pedras. Guiada pela luz da estátua, a embarcação havia conseguido percorrer o caminho que muitas outras não conseguiram. Aquele era um lugar de perigos desconhecidos, e a cada passo isso se tornava ainda mais evidente.

O que restara da tripulação desembarcou e seguiu pela única trilha visível nos arredores. Eles agora carregavam tochas que iluminavam melhor o caminho, além de armas, espadas e lanças que traziam pouca ou quase nenhuma sensação de segurança.

A trilha subia ao longo da encosta enegrecida pela ação implacável do oceano, ascendendo muitos metros acima da praia de pedras. Helena, o capitão e os tripulantes seguiam em fila indiana porque em alguns trechos a passagem só permitia o avançar de uma pessoa por vez. Os passos eram cautelosos e a atmosfera estava impregnada de uma tensão visível em cada um dos membros da tripulação.

– Para onde estamos indo? – perguntavam-se os homens. – Por que estamos aqui?

Esta era uma pergunta que só poderia ser respondida por duas pessoas naquele grupo, mas nenhuma delas estava disposta a responder. Helena sabia que a maldição da família Blackthorn havia se estendido por séculos, mas ela não fazia ideia de que outros males ela causara. Já o capitão Blackthorn, através das memórias trazidas pelo Guardião, sabia que, se tivessem retornado à Inglaterra, nenhum daqueles homens sobreviveria. Todos, sem exceção, em algum momento de sua história seriam punidos pelas mortes e os saques que haviam feito na ilha. Ele sabia, mas naquele momento não julgava sensato compartilhar. A maldição seria responsável pelo fim de suas vidas e, como golpe final, pela tristeza e desolação de todos os descendentes do seu capitão. Um castigo cruel e eterno.

O som das ondas quebrando contra as pedras e a brisa salgada iam se afastando enquanto os homens avançavam ilha adentro. O caminho era difícil e irregular; quase não havia vegetação, apenas pedras e areia.

Enquanto subiam pelo caminho, Helena, o capitão e os marinheiros começaram, de maneira súbita e estranha, a ter pensamentos sombrios. Medos e arrependimentos brotavam em suas mentes com uma intensidade que poucos conseguiam suportar. No início, Helena achou que era algo isolado, mas, ao ver alguns homens se curvando pelo caminho, entendeu do que se tratava. Era o mesmo fenômeno que havia matado os marinheiros no templo e que agora se manifestava ali com ainda mais força.

Cada passo parecia carregar o peso de um fardo invisível, e os pensamentos sombrios iam se tornando mais intensos a cada metro conquistado na subida. Arrependimentos e temores entrelaçavam-se, criando uma névoa mental que obscurecia a clareza de raciocínio.

A certa altura, todos os homens começaram a cair, um a um. Alguns se ajoelhavam e outros se deitavam no chão, encolhendo seus corpos e chorando como crianças. Com a estátua ainda firme em sua mão, Helena lutava para resistir ao impacto avassalador desses pensamentos sombrios. Blackthorn e os marinheiros, igualmente afligidos, desviavam o olhar, em desespero.

Enquanto lutava com os sentimentos infringidos por algum fenômeno desconhecido, a portadora da maldição viu-se subitamente transportada para um momento de alegria e inocência. Com seus pais sorrindo durante uma excursão que fizeram pela cidade de Paranapiacaba, Helena se lembrava da trilha na montanha, das cachoeiras, da mansão abandonada... Naquele tempo, seus pais eram a personificação do que ela mais amava. Eles caminhavam segurando em seus braços e a apoiavam sempre que o caminho era íngreme ou arriscado. Era uma lembrança acolhedora que lhe trazia uma sensação de alívio e segurança em meio a todos os outros pensamentos. No entanto, essa imagem desapareceu tão rapidamente quanto surgiu, dando lugar a uma cena sombria que havia lhe assombrado por toda a vida.

Em um piscar de olhos, Helena revivia o momento em que recebera a notícia devastadora da morte daqueles que mais amava. A culpa a consumia, e a arquiteta repetia para si mesma:

– É minha culpa! Eu sou a responsável!

Os fantasmas do passado, tão poderosos quanto reais, surgiam como sombras em sua mente. O peso das lembranças e a dor da culpa tornavam-se quase insuportáveis. A luz tênue da estátua, embora firme em sua mão, mais uma vez parecia navegar entre o bem e o mal e agora não produzia forças suficientes para ajudá-la a lutar contra a escuridão que se formava ao seu redor.

O capitão, percebendo a agonia de Helena, aproximou-se dela. Sua presença era um lembrete de que enfrentar os próprios demônios internos era parte essencial da jornada de redenção. Ele sussurrou palavras de encorajamento, incentivando Helena a confrontar a culpa que a assombrava. Só assim ela reuniria força para, junto com o poder da estátua, vencer mais aquela provação.

A trilha ascendente transformou-se não apenas em um desafio físico, mas em uma jornada emocional pela qual cada membro da tripulação teria de passar. O cemitério de barcos, agora distante, era substituído por um terreno mais íntimo e perturbador. A mente, um lugar onde o inimigo passava a ser sua própria consciência.

CAPÍTULO 38
O flagelo da alma

A imagem que se via na trilha de pedras era aterrorizante. Tochas caídas ao chão, armas lançadas ao longe, cada um dos membros da tripulação tentando resistir, mas as dores que os consumiam por dentro faziam com que seus corpos se retorcessem e seus corações fossem pressionados como uma esponja.

Dentre todos os poderes daquela estátua, aquele era o maior. Um poder que não era capaz de mover objetos, levantar cadáveres, comandar monstros ou afundar navios, mas que infligia ferimentos usando os próprios medos e angústias de sua vítima. Se alguém imune a tudo aquilo olhasse ao redor, não veria arma, não veria luz nem mesmo fumaça, apenas pessoas lutando contra si mesmas.

Por milhares de anos, desde a existência do ser humano, um de seus principais objetivos foi criar proteções que o mantivessem seguro, fosse isso contra predadores, inimigos ou até mesmo doenças. Mas ele nunca conseguiu se proteger contra as dores do próprio pensamento. A influência de todas as ações de sua vida, suas vitórias e derrotas, alegrias e tristezas, certezas e dúvidas, amores e ódios, medos e coragens, tudo reunido em uma única mente, vulnerável apenas a si mesma. Aquela era a arena perfeita para uma batalha desleal, e quem controlava a estátua sabia disso. Aquele ser tinha o poder de dar força aos sentimentos humanos, dar força a estas armas adormecidas para que pudessem servir de instrumento para sua vingança.

Helena, assim como todos ao redor, estava no chão, agarrada às próprias pernas e chorando. Ela conhecia aquela dor, era algo que havia nutrido por décadas, mas que agora a consumia com uma força que nunca tivera.

"Como chegou a isso?", pensou ela. "Como eu deixei que chegasse até esse ponto?"

Diferentemente de antes, Helena percebeu que o combustível de seu sentimento era abastecido pela própria mente, pelo próprio pensamento. Ela enfim percebera que a maldição e a estátua não eram seus maiores inimigos, eles apenas tornavam sua mente, o verdadeiro inimigo, ainda mais forte.

Ela olhou para a estátua caída alguns metros à frente e reparou que desta vez ela não brilhava, estava escura, rodeada por um manto de névoa que parecia manipular seus poderes da mesma maneira que ela havia usado anteriormente, só que desta vez contra eles, não a seu favor. Helena percebeu que alguma criatura estava por trás daquele encanto e começou a observar ao redor.

A dor era dilacerante, e era difícil mover o corpo ou mesmo olhar para cima. As tochas caídas sobre as rochas criavam um arco iluminado, e dentro dele a criatura não havia penetrado.

Então, entre duas tochas, Helena conseguiu ver. Eram os mesmos olhos vermelhos, idênticos àqueles que havia visto entre os corpos sem vida dos marinheiros que jaziam no cemitério de barcos. Um único ser que não se movia, mas que mantinha seus olhos assustadores fixos sobre a estátua.

Com muito esforço, Helena se arrastou até próximo de um dos marinheiros. O homem tinha uma arma, mas o pavor dele era tanto, que não percebera que uma criatura os observava, que um único ser estava castigando a todos sem nem mesmo levantar as mãos. Com dificuldade, ela pegou o objeto. Era antigo e arcaico, mas não se diferenciava muito de outras armas que havia visto na mão de policiais ou de amigos que as usavam para esporte.

Por medo dos marinheiros, todas as armas já estavam preparadas para uso, e naquele momento isso pareceu providencial. Fixando o pensamento na família e na vida que a esperava de volta em seu tempo, Helena reuniu forças. A dor era imensa, mas seu desejo por liberdade e vida era ainda maior. Ela então apoiou a arma sobre a pedra e apontou para o que quer que estivesse entre aqueles olhos tenebrosos. Respirou fundo e atirou.

A pequena bola de ferro que estava dentro da arma saiu em grande velocidade e atingiu a criatura. Não no meio dos olhos, onde ela havia mirado, mas ao lado deles, no que poderia ser um ombro ou qualquer outra coisa. Com a força do impacto, a criatura recuou e, erguendo o corpo, mostrou suas formas. Era uma mistura de homem e peixe, com uma imensa boca e com escamas nas costas. Ela se debateu, quase igual ao que um peixe fazia fora d'água, e, assim que se recuperou, correu em direção ao mar.

No instante seguinte, o fenômeno que assombrava a todos, alimentando seus medos e arrependimentos, foi anulado pela ausência da força emitida por aquela criatura. Uma sensação de alívio varreu a encosta enegrecida, dissolvendo a magia que manipulava os pensamentos. Mais uma vez eles haviam vencido, mais uma vez Helena havia vencido.

Ao retomarem o equilíbrio, Helena e o capitão olharam ao redor para entender o que havia acontecido. Contando os marinheiros restantes, perceberam que quatro deles não haviam sobrevivido. O peso do desespero tornou-se tangível quando a mulher constatou a trágica verdade: todos haviam tirado a própria vida, cada um de maneiras diferentes, mas igualmente brutais. Eles não resistiram aos próprios medos e arrependimentos, sucumbindo às culpas que assombravam suas almas.

A descoberta lançou um véu de tristeza sobre a tripulação. A ação de Helena, embora tivesse dissolvido parte dos tormentos mentais, não fora suficiente para salvar aqueles cujas batalhas internas eram mais intensas.

Aos poucos, a luz âmbar que rodeava a estátua foi retornando, e os homens restantes foram então ocupando suas posições. Agora, a maioria deles acreditava que as palavras ditas pelo capitão eram verdadeiras e que eles só sobreviveriam se chegassem ao fim daquela jornada.

Helena, o capitão Blackthorn e os poucos marinheiros remanescentes continuaram a subir agora carregando não apenas o fardo de seus próprios passados, mas o luto pela perda daqueles que não conseguiram encontrar redenção.

A encosta enegrecida, antes testemunha silenciosa, tornou-se um memorial sombrio para as vidas que se perderam no caminho.

CAPÍTULO 39
O altar dos espíritos

Sob o silêncio pesado da tristeza, a pequena tripulação prosseguiu sua jornada pela encosta enegrecida. As tochas agora formavam uma linha iluminada que, vista de longe, se assemelhava a uma caravana de viajantes. Naquela etapa da viagem já não se ouviam mais lamentos ou provocações, todos estavam concentrados no mesmo objetivo: chegarem vivos ao topo daquela ilha e retornarem ao lar em segurança.

Depois do ocorrido, a liderança da fila havia sido passada para Helena, e por isso a herdeira dos Blackthorn seguia alguns passos à frente de todos. Ela havia salvado a maioria dos companheiros, o que tinha lhe rendido respeito e confiança. Não havia muito tempo, Helena temia pela morte e pela possibilidade de deixar a filha da mesma forma que seus pais a haviam deixado, porém agora tinha certeza de ser possível vencer a maldição e mudar para sempre a história de sua linhagem.

Eles caminharam por mais de meia hora até chegarem ao topo da subida. Assim que o terreno se tornou plano, um grande arco de pedras surgiu à frente do grupo. Helena parou diante do lugar que se assemelhava à entrada de um templo e, virando-se na direção da encosta, olhou para a tripulação. Não havia restado muitos além dela e do capitão, apenas cinco marinheiros ainda permaneciam de pé. A jornada até aquele ponto tinha sido traiçoeira e deixado muitos pelo caminho. Helena percebeu que o que haviam passado, guardadas as devidas proporções, não era diferente da história de vida de todas as pessoas ao redor do mundo. Este pensamento surgiu na mente dela naquele momento, mas era fruto de tudo o que aprendera pelo caminho. As pessoas, durante toda a vida, enfrentavam perigos, monstros e demônios muitas vezes criados por si mesmas ou por outros a seu redor, em busca de sobrevivência e em busca de paz. Era como se os séculos, separados por tecnologia, conhecimento e prosperidade, não tivessem mudado o que realmente importava. Os desafios eram diferentes, mas os sentimentos de medo, tristeza, raiva e alegria não haviam se alterado.

– Alguma coisa me diz que a partir deste ponto eu preciso ir sozinha – disse ela ao capitão. – Eu acredito que enfim entendi o que é preciso para quebrar a maldição e estou pronta para aceitar o meu futuro.

– Eu compartilho de tua decisão – concordou o capitão. – Até aqui nossos destinos foram ligados, mas, de agora em diante, cada um de nós deve viver o próprio tempo, deve se orgulhar ou se arrepender das próprias escolhas e aceitar o que o futuro nos reserva.

O capitão, agora testemunha das lembranças de centenas de anos de sofrimento e solidão da linhagem dos Blackthorn, sabia do que Helena estava falando e por isso concordava com aquela escolha. Mesmo com seu estilo sério e bruto, ele cedeu ao olhar decidido da mulher corajosa à sua frente e sorriu com ar de aprovação.

– Assim que você cruzar a entrada, nós partiremos de volta – orientou ele. – Sei que vencerás a maldição e libertarás todos. Graças a você pude me redimir de meus atos – completou, por fim –, então meu futuro será diferente. Obrigado!

Helena aceitou o agradecimento e entendeu que aquela seria a última vez que os veria.

Assim que atravessou o arco de pedras, a herdeira dos Blackthorn se viu sobre um gramado preservado, de um verde vivo e intenso. Ao seu redor, grandes placas de pedra se alternavam entre árvores antigas, dentre as quais um exemplar de Blackthorn lhe chamou a atenção. Sobre as pedras, inscrições misteriosas e símbolos desconhecidos estavam desenhados em uma quantidade que preenchia quase todo o seu contorno. Mais alguns metros à frente, dois altares, dispostos lado a lado, completavam o cenário misterioso.

Definitivamente aquele era um lugar místico, um santuário natural, oculto do mundo conhecido pela humanidade.

Ao se aproximar dos altares, Helena percebeu que, em um deles, uma estátua semelhante àquela que carregava repousava serena, sem qualquer brilho ou sinal de magia. Diferentemente da outra, esta possuía traços mais masculinos e bestiais, que misturavam caraterísticas humanas e animais. Já prevendo o que encontraria, Helena olhou para o outro altar e viu que estava vazio, sem qualquer objeto sobre ele.

"É aqui", pensou ela. "A estátua foi removida deste lugar."

O entendimento se desenhou nos olhos da arquiteta. Aquele era um local de equilíbrio, um local onde dois elementos mantinham a estabilidade de seus poderes, desde que estivessem lado a lado. O equilíbrio do santuário fora perturbado pela ausência da estátua que ela segurava, e o lugar parecia clamar pela restauração da harmonia perdida.

Helena, guiada por um arrependimento verdadeiro, aproximou-se do altar vazio. A estátua em suas mãos pulsava com uma energia que respondia ao chamado do santuário. Era como se a peça esculpida fosse parte integrante daquele local, um elo perdido que finalmente encontrara seu destino. Pela primeira vez, a mãe de Beatriz examinou a estátua com uma atenção meticulosa. A imagem esculpida retratava uma figura feminina, com formas humanas, mas com traços distintamente semelhantes aos dos répteis. Descrever completamente a estátua em palavras era uma tarefa difícil, mas havia uma notável semelhança com a outra que repousava no altar ao lado.

Era como se as estátuas fossem complementares. A figura masculina e brutal, similar à imagem de lobos, repousava sobre o altar oposto, contrastando com a figura feminina e similar a um réptil, que Helena segurava.

CAPÍTULO 40
As vozes da terra

O próximo passo era evidente, e Helena não hesitou em avançar. Subindo o degrau que sustentava o altar, a herdeira dos Blackthorn se aproximou e posicionou a estátua em um círculo esculpido no centro. Após fazer isso, afastou-se aguardando com expectativa o que estava por vir. Durante alguns instantes, o santuário permaneceu inalterado com o silêncio predominante das pedras, e alguns poucos sons das ondas do mar contrastavam ao fundo. Então, um brilho intenso surgiu, cegando momentaneamente os olhos de Helena. Ela levou os braços até o rosto tentando se proteger, mas a intensidade da luz era muito forte e impossível de bloquear. Assim que conseguiu se recompor, a primeira coisa que viu foram duas imagens semi-humanas paradas diante dos altares de pedra.

As figuras, agora visíveis, emanavam uma energia que transcendia a escultura esculpida em pedra. A masculina e a feminina, uma ao lado da outra, pareciam encarnar as forças antigas que mantinham o equilíbrio do santuário. Seus corpos eram predominantemente humanos, mas ainda carregavam alguns traços similares aos das estátuas sobre o altar. Os olhos da figura masculina, representada na estátua à esquerda de Helena, encontraram os seus, e a sensação parecia uma comunicação silenciosa que se desenrolava entre eles, uma troca de entendimento e aceitação que ultrapassava as barreiras do conhecimento. A figura feminina, associada à estátua que Helena trouxera, também emanava uma presença forte. Seus olhos pareciam sondar as almas dos presentes na ilha, buscando a verdade que estava enraizada nos corações daqueles que ousaram desafiar a maldição.

– Obrigada – disse a voz que emanava da figura feminina. Era uma voz suave que ecoava diretamente nos ouvidos de Helena. – Eu estive longe de casa por muito tempo.

Os espíritos da terra, agora manifestados diante dos altares, começaram a compartilhar a história de sua separação e da maldição que perseguira a família Blackthorn por séculos.

– Nós – continuou ela – somos os espíritos da terra e existimos pela união das almas de todos os seres vivos que habitam este planeta. São trilhões de vidas que dividem o mesmo espaço e compartilham cada um dos recursos que estão ao nosso redor.

O ser que havia se materializado a partir da estátua masculina continuou.

– Nossa missão neste plano, como você percebeu em sua jornada, é manter o equilíbrio entre tudo o que compõe a nossa existência. O bem e o mal, a agitação e a calma, a escuridão e a luz, a tristeza e a alegria, a emoção e a razão, estes são alguns exemplos de equilíbrios essenciais não só à humanidade, mas a qualquer ser vivo que existe.

– Porém, apesar de nossa sabedoria, em algum momento desta nossa jornada – continuou a figura feminina – nós cometemos um erro. Em um período da linha do tempo, decidimos confiar na raça humana, considerando sua inteligência e seu valor para o planeta. Compartilhamos nossa energia, permitindo que levassem nossas figuras materiais, aquelas que vocês chamam de estátuas, para abençoar uma pequena civilização, em uma ilha escondida no meio do oceano. Por estarem isolados, acreditamos que não haveria risco e talvez fosse possível estreitar as relações entre o mundo físico e espiritual.

– Mas – acrescentou a outra imagem – não foi o que aconteceu.

– Uma outra civilização, mais evoluída tecnologicamente, porém não espiritualmente, encontrou esta ilha e decidiu interferir. Seu ancestral não apenas dizimou a civilização pacífica que encontrou, como levou a imagem que permitia nossa materialização. Distantes uma da outra, as estátuas reduzem o nosso poder e, mesmo tentando, não conseguimos trazê-la de volta.

Helena começava a entender melhor o que havia se passado e como a maldição chegara tão longe no tempo.

– Com a pouca força que tinham – tentou concluir Helena –, a única coisa que vocês conseguiram fazer foi mexer com a mente das pessoas que possuíam a estátua. Acredito que sua intenção era convencê-los a trazê-la de volta para vocês.

As imagens materializadas das estátuas menearam a cabeça, concordando com a conclusão.

– Mas por que matar os meus pais? – perguntou Helena. – Por que matar todos durante tanto tempo? Não havia uma alternativa?

– A racionalidade do ser humano é sua força e sua fraqueza – continuou a estátua feminina. – Quando decidimos compartilhar nosso poder com a civilização que você conheceu, aprendemos que o equilíbrio entre a razão e a emoção é a maior de todas as dificuldades que sua espécie enfrenta. A manutenção deste equilíbrio pode ser afetada por medo, raiva, ansiedade e por várias outras emoções, mas a perda é a pior delas.

– A emoção que provém da perda – completou a segunda imagem – é a que tem maior poder para ferir a mente da espécie humana. Quando decidimos o que seria feito, sabíamos que isso causaria um desequilíbrio ao longo dos anos e que alguém como você viria nos procurar.

– Só não sabíamos que demoraria tanto tempo. Nossa separação desencadeou um ciclo de sofrimento que levou pessoas à ruína. Aqueles que possuíram a estátua e sobreviveram carregaram a maldição, passando-a de geração em geração até que você chegasse aqui.

Mais uma vez, Helena compreendeu o porquê de tudo o que havia acontecido.

– A humanidade ainda não aceitou que perdas são parte da realidade que compõe a existência – continuou a imagem. – Ela é inerente ao fato de estar vivo, e precisa ser acolhida ao seu tempo. A dor do que é perdido não pode ser evitada, mas não deve nos acompanhar mais do que o necessário. Ao longo do tempo, esta dor deve ser substituída por saudade. E a saudade, na medida certa, traz força e energia para seguir em frente. Para fazer melhor e honrar a vida daqueles que foram os alicerces que nos sustentaram em nossa jornada.

– Isso é parte do que compõe o equilíbrio – concluiu a outra estátua. – E para sua espécie é parte necessária para estabilizar a relação entre razão e emoção.

O peso da verdade pairava no ar enquanto Helena absorvia as palavras dos espíritos da terra. A jornada que havia enfrentado, as sombras que desafiara e os sacrifícios que ocorreram pelo caminho agora faziam parte de uma narrativa muito maior, entrelaçada com os destinos de todos que havia conhecido.

CAPÍTULO 41
A quebra do ciclo

Um cansaço excessivo começou a abater Helena.

Talvez pela presença daqueles espíritos à sua frente, talvez pelo que havia enfrentado durante toda a jornada, ela não sabia descrever a razão daquele sentimento, mas suas forças pareciam estar se esvaindo lentamente.

– Em um passado alternativo a este – continuou a voz do espírito masculino –, o capitão Blackthorn fugiu assustado com a morte de seus marinheiros, levando a estátua que de uma vez por todas estaria perdida para nós. Mas, mesmo depois da morte, o espírito perdido e arrependido deste homem não desistiu, e foi capaz de guiar você para este tempo.

As revelações ecoavam pelo santuário, criando uma trama complexa de destinos interconectados. O capitão Blackthorn, de um passado alternativo, havia encontrado sua redenção através dos eventos que trouxeram Helena a este momento crucial.

– Agora que você trouxe de volta a estátua – continuou a figura feminina –, a maldição foi quebrada, e vocês poderão viver livres do mal que os afligiu por tanto tempo.

O peso que antes oprimia a família Blackthorn se dissipou. A maldição, a qual por tanto tempo havia lançado sombra sobre as gerações, finalmente encontrou seu fim. O ciclo de sofrimento foi quebrado, e a redenção do capitão Blackthorn abriu as portas para um futuro livre das correntes do passado. Helena, guiada por uma jornada que transcendia o tempo, testemunhara a quebra do ciclo que assombrava sua linhagem. O santuário primitivo, agora inundado por uma luz purificadora, celebrava a vitória sobre as sombras que antes os cercavam.

Neste instante, as duas estátuas ergueram as mãos simultaneamente e, materializada por seus poderes, uma porta surgiu atrás de Helena, exatamente sob o arco pelo qual haviam passado. As vozes dos espíritos da terra ecoaram mais uma vez, compartilhando a verdade sobre seu papel na natureza do mundo.

– Nós protegemos a natureza deste mundo e, por conta disso, temos o poder de estar em qualquer momento do tempo – falaram, agora em uníssono. – O espírito que você chamava de Guardião entendeu como este poder funcionava e lhe trouxe até aqui. Depois de cumprir seu dever, ele retornou ao seu local de origem, e agora cabe a nós conduzi-la de volta ao seu tempo.

Helena olhou para o portal. Suas forças ainda estavam sendo sugadas por alguma coisa que não conseguia identificar. De repente, ela sentiu uma dor intensa em uma das mãos. Preocupada, desviou o olhar para ver do que se tratava. Sua mão, normalmente suave e lisa, estava agora coberta de sangue. O líquido escarlate brotava de seus pulsos, escorrendo pela mão, passando pelos dedos e pingando em uma poça no chão.

"De onde veio este machucado?", pensou ela.

Ela não se lembrava de como tinha se ferido, em que momento e há quanto tempo. Resgatando o que lhe restara de energia, ela tentou dar o primeiro passo. Sem conseguir, caiu ajoelhada no chão gramado do santuário. Com esperança de obter ajuda, olhou para as imagens materializadas das estátuas, que estavam imóveis e apenas observavam, atentas, o esforço da arquiteta.

O portal pulsava com uma energia mágica, aguardando que ela pudesse transpô-lo. Do outro lado, o quarto da casa Blackthorn estava da mesma forma que a mulher havia deixado, com os mesmos objetos e as mesmas lembranças que havia carregado até ali.

Mesmo fraca e desorientada, Helena reuniu as últimas forças que ainda lhe restavam e começou a avançar metro a metro, centímetro a centímetro. A sensação de ter eliminado a maldição, de ter superado seus medos e traumas, era maravilhosa, mas colidia com a dúvida de que talvez não sobrevivesse para comemorar sua conquista. O chão gramado ajudava a deslizar, e Helena continuou seguindo até que todo o seu corpo atravessasse o portal de luz, aberto pelos espíritos.

Assim que terminou de atravessar, o portal se fechou, e Helena desmaiou sobre o piso de madeira.

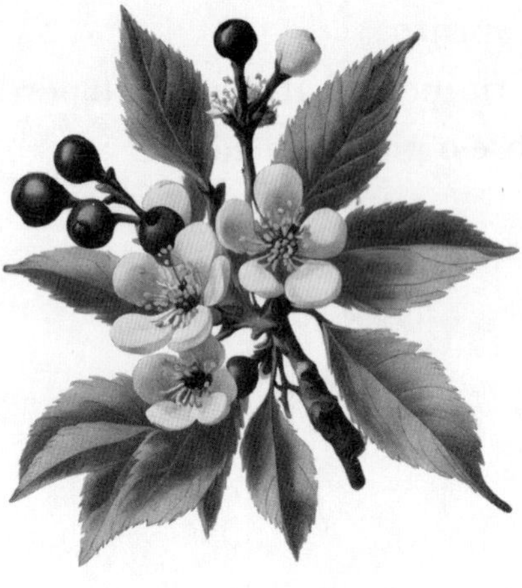

CAPÍTULO 42
A casa abandonada

Jefferson parou o carro em frente à casa abandonada de Paranapiacaba. O imóvel se assemelhava às descrições que Helena havia feito, nas histórias sobre os passeios com sua família em direção às trilhas pela Serra do Mar, e por isso não foi difícil encontrá-lo. Quando os dois ainda eram namorados, a esposa costumava sempre se lembrar destas aventuras de criança e, depois que havia se envolvido com a história da maldição, o local tinha retornado à pauta.

O carro que pertencia a Helena estava parado do outro lado da rua, e isso ajudou a confirmar que aquele era o lugar correto.

Sem perder tempo, Jefferson desceu e avançou até o portão que deveria proteger o lugar e não permitir a entrada de estranhos. Para sua surpresa, o portão estava aberto e não possuía qualquer cadeado ou chave. Já passava da meia-noite, e ele olhou para os lados buscando conferir se havia alguém vagando pela rua. Estava tudo vazio, então ele empurrou o portão para que pudesse entrar.

As dobradiças eram velhas e enferrujadas, o que causou um rangido assim que foram movimentadas. Desprezando o barulho, Jefferson seguiu atravessando o que no passado poderia ter sido um belo jardim rodeado de muitas árvores e plantas, até chegar ao *hall* de entrada. Ali, encontrou a porta entreaberta. Pela poeira remexida no piso e as marcas de mão na maçaneta, parecia que há pouco tempo, alguém tinha entrado na casa. Sem demorar, ele passou pelo arco do batente e tentou fechar a porta, mas, sempre que tentava, ela retornava. Era como se aquela dobradiça também estivesse velha, só que, neste caso, empenada ou torta.

Sem sucesso, Jefferson deixou a porta aberta e continuou entrando.

A sala que encontrou depois da porta era grande e os móveis estavam protegidos por panos brancos, que ajudavam na preservação. As janelas estavam cobertas por antigas cortinas que tinham diversos furos por onde a luz da rua passava. Jefferson achou a imagem interessante, já que aqueles furos iluminados se pareciam com velas presas em antigos candelabros. Dependendo do ângulo pelo qual ele olhava, era como se estivessem acesas próximas ao teto com o objetivo de iluminar parcialmente o cômodo.

Abandonando a sala, ele acendeu a lanterna que havia levado até o cemitério e, iluminando melhor o caminho, continuou a explorar a casa. A cada novo cômodo que o homem descobria, mais aumentava a certeza de que aquela havia sido a casa de uma família tradicional e com muitos membros. Nas paredes, era possível ver muitas fotos, várias delas de casais sozinhos e outras de filhos ou netos. Não havia uma única parede sem quadros ou fotos antigas.

Depois de procurar por quase todos os lugares, a angústia de Jefferson estava além do que ele pudesse suportar. Já fazia horas que havia saído de casa à procura de Helena, e o cansaço pesava sobre seus ombros. No caminho até ali, ligara para amigos, pessoas conhecidas, mas ninguém tinha visto ou mesmo sabia o que estava acontecendo. Mesmo tendo percebido o carro antes de entrar, Jefferson ainda nutria dúvidas e aquela casa era sua última esperança. Em seu interior ele esperava pelo melhor, mas temia que o tempo estivesse acabando.

Após ter passado por várias salas, Jefferson encontrou uma porta menor, diferente das outras, e que levava a um cômodo na parte superior da casa. Ele abriu a porta e iluminou a abertura, visualizando a escada íngreme e empoeirada. Em meio à poeira, conseguiu identificar passos recentes, assim como havia visto na entrada da casa. Com um impulso movido pela preocupação, avançou sobre a escada, subindo os degraus o mais rápido que conseguiu.

Então, ao fim da escada, o que encontrou lhe causou desespero. Era uma sala pequena que no passado poderia ter sido um quarto de criança ou talvez uma sala para brincadeiras. Jefferson viu alguns móveis, um baú, um banco quebrado, paredes com pinturas infantis, sendo que entre elas havia uma porta com um contorno feito de giz, e ao chão estava Helena. Sua esposa estava caída, segurando o medalhão com a foto dos pais ao lado de uma poça cheia de sangue fresco.

O coração de Jefferson disparou, e por alguns segundos ele não soube como reagir. Depois de tudo o que fizera, depois de estar ao lado dela e de seguir tudo conforme tinham sido orientados a fazer, ele não conseguia acreditar que haviam chegado a isso. O marido levou as mãos à cabeça, mas logo percebeu que seus pensamentos agora eram inúteis, precisava salvar a esposa, e o tempo era essencial para isso.

Tirando a camisa, Jefferson se abaixou e, agarrando o corpo de Helena, procurou o ferimento que estava causando aquela hemorragia. Próximo à mão, na altura do pulso, encontrou um corte que havia atingido a artéria, mas do qual o sangue vertia muito lentamente. Helena estava com os olhos fechados, e seu corpo estava mais frio que o normal. Ele pressionou o corte com a camisa e, assim que levantou a esposa, esta emitiu algumas palavras com voz fraca e quase inaudível.

– Eu consegui anular a maldição – sibilou ela. – Os guerreiros mortos, o monstro com tentáculos, a ilha de pedras, os espíritos da terra... eu enfrentei todos, Jefferson, enfim estamos livres.

– Que bom! – respondeu o marido, com lágrimas nos olhos. – Eu sabia que você conseguiria, meu amor. Eu sabia! Agora eu preciso te levar para um hospital – continuou ele. – Eu não posso te perder, não agora.

Enquanto Jefferson carregava a esposa em direção à saída, Helena sorriu com as poucas forças que lhe restavam.

Quando chegaram ao carro, ela enfim desmaiou.

Jefferson colocou Helena no banco do passageiro e a prendeu com o cinto. O coração dele parecia estar descontrolado, e o homem sentia uma dor no peito como nunca antes. Depois de fechar a porta, correu até o banco do motorista e sentou-se ao lado da esposa.

A camisa que Jefferson havia colocado no braço de Helena para conter o sangue já estava vermelha, o que indicava que o corte continuava pouco a pouco a drenar sua vida. Sem alternativas, o marido colocou a mão sobre o machucado e apertou com todas as forças. Nada nem ninguém faria com que ele tirasse a mão do braço de Helena antes que chegassem a um hospital.

Sacando o celular do bolso com apenas uma das mãos, ele pesquisou sobre os hospitais mais próximos. Alguns segundos depois de acionar a pesquisa, algumas opções apareceram.

Pronto-Atendimento – USF Paranapiacaba – Fechado – Trajeto: 2 minutos

Hospital e Maternidade Ribeirão Pires: Emergência Adulto e Pediátrica – Ribeirão Pires, SP – Aberto 24h – Trajeto: 34 minutos

Hospital Santa Marcelina – Aberto 24h – Trajeto: 1h09

Trinta e quatro minutos era muito tempo, mas aquela era a opção mais próxima. Sem alternativas, ele partiu.

Dois minutos depois, Jefferson seguia pela estrada de terra que margeava a linha do trem. A escuridão da noite e a dificuldade de dirigir com apenas uma das mãos complicavam ainda mais o caminho, e suas esperanças eram cada vez menores. Devido à perda excessiva de sangue ocasionada pelo corte de Helena, não era possível sentir a pulsação dela, e isso era o que mais o desesperava.

Como poderia explicar tudo aquilo para Beatriz? Como acalentar a filha se o pior acontecesse? Os pensamentos de Jefferson saíam e voltavam do carro a cada curva, a cada quilômetro que avançava.

De repente, antes que pudesse perceber, um caminhão carregado de hortaliças surgiu à sua frente. Devia ser algum fazendeiro levando a colheita para uma distribuidora ou talvez uma feira. O fato é que o sono do homem, somado ao desespero de Jefferson, fez com que eles só percebessem um ao outro no último minuto.

Assim que se viram, os dois ao mesmo tempo tentaram desviar, mas não foi o bastante. Sem espaço na rua estreita e escorregadia de terra, e sem tempo suficiente para agir, o caminhão bateu na parte traseira do carro de Jefferson, fazendo com que ele perdesse o controle e batesse no barranco. A colisão, mesmo não sendo tão forte, fez com que os vidros laterais se quebrassem e cacos caíssem sobre os corpos dos dois, causando pequenos cortes em seus rostos e braços. Galhos de árvores, algumas folhas de mata nativa e terra também invadiram o carro, que no mesmo momento parou de funcionar.

– Não! – gritou Jefferson assim que o automóvel desligou. – Não, por favor! – O desespero era visível em seus olhos.

O motorista do caminhão, ao ver a batida, também parou seu veículo e correu até ele.

– Tudo bem! – disse, assustado – Eu não vi vocês, desculpe!

Jefferson não respondeu. Ele tentava ligar o carro, que parecia não querer funcionar.

– Ela se machucou! – esbravejou o homem, assim que viu Helena. – E está sangrando.

– Não! – vociferou Jefferson enquanto tentava ligar o carro. – Ela já estava machucada e precisa ir ao hospital. Se não for agora, não vai dar tempo.

O homem ao lado do carro olhou para a estrada. Só havia terra para qualquer lado que olhasse. Seu caminhão estava carregado e não conseguiria retornar em menos de cinco quilômetros. Se o carro não pegasse, não conseguiriam chegar a tempo.

– Você está nervoso – ponderou ele a Jefferson. – Não acelere o carro, deve estar afogado. Tenta ligar sem pisar no pedal.

Jefferson parou e respirou. Sua mão estava firme apertando o corte de Helena, mas, se quisesse salvá-la, precisava ter calma, algo que até aquele momento não havia acontecido.

Ele esperou alguns segundos e então tentou mais uma vez ligar o motor. Sem sucesso, tentou novamente, e de novo, e de novo, até que na quinta vez o motor voltou a funcionar.

Porém, o tempo estava acabando.

Deixando o local do acidente, ele seguiu em frente e, depois de cruzar a linha de trem, alcançou a estrada de asfalto. Daquele ponto até a entrada do hospital foram mais quinze minutos de viagem. Assim que chegaram em frente ao pronto-socorro, Jefferson gritou por ajuda.

– Alguém, por favor! Socorro!

O primeiro a surgir foi um segurança, depois um enfermeiro e, então, menos de cinco minutos depois, o médico de plantão.

– Você não pode tirar a mão do pulso dela – disse ele com veemência. – Não antes de estarmos prontos.

Jefferson obedeceu.

Com a ajuda da equipe médica, ele saiu do carro junto com Helena e acompanhou-a, segurando seu braço até a sala de cirurgia. Lá, depois de terem colocado nela os aparelhos e puncionado uma veia à uma bolsa de sangue, os médicos enfim decidiram que era a hora de acessar o corte e fechá-lo.

Foi neste momento que eles pediram que Jefferson soltasse o braço da esposa. Ele soltou e, quase sem forças, desabou no chão da sala de cirurgia.

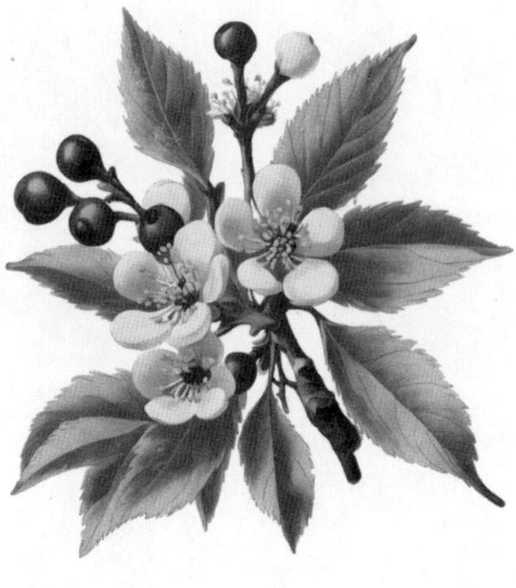

CAPÍTULO 43
Uma história real

Helena havia completado uma semana em coma quando Jefferson decidiu visitar o médico. O psiquiatra, conhecido como Dr. Manzany, já acompanhava a esposa desde alguns anos após a morte de seus pais, e o marido costumava vê-lo sempre que era chamado para algumas orientações sobre o tratamento dela.

Antes de se casarem, Helena, por vergonha ou medo, não havia dito que fazia tratamento, mas meses após irem morar juntos havia falado sobre o assunto em uma conversa.

– Eu faço um tratamento psicológico – disse ela, entre as muitas outras falas que se desenrolaram, mas sem detalhes ou grandes explicações. – Não quis te falar antes porque achei que não era tão importante. É para me ajudar a aceitar a perda dos meus pais, e agora está bem mais tranquilo do que antes. Até acho que vou diminuir as sessões e, se continuar assim, logo paro de fazer.

Jefferson não se preocupou na época, pois tratamentos psicológicos lhe pareciam normais e eram um tema que depois da pandemia de Covid-19, em 2020, se intensificou e se tornou popular até mesmo para algumas pessoas que não tinham grandes questões a serem resolvidas. As conversas eram positivas e ajudavam a enfrentar os problemas do dia a dia. Era o que ele havia pensado na época, mas, após o nascimento de Beatriz, alguma coisa havia mudado e, em vez de reduzirem, as consultas tiveram de ser intensificadas. Por isso o médico havia chamado Jefferson para conversar algumas vezes, para lhe explicar o que estava acontecendo e orientá-lo sobre a melhor forma de ajudar.

No entanto, depois do incidente na casa abandonada de Paranapiacaba, estava óbvio que as coisas haviam saído do controle e que agora Jefferson precisava confrontar o médico. Por certo existiam coisas das quais ele não sabia, coisas importantes que haviam influenciado tudo o que acontecera, e isso precisava ser esclarecido se quisesse recuperar a mulher que amava.

Jefferson abriu a porta do consultório, determinado a falar com Manzany. Nada o impediria, e ele já estava pronto para enfrentar qualquer barreira que existisse.

– Eu quero falar com o Dr. Manzany – vociferou para a recepcionista assim que chegou ao balcão. – Não me importa se está atendendo ou se está ocupado. Ele tem que me atender agora!

O consultório da clínica era dividido com outros médicos, e vários pacientes olharam para Jefferson assim que emitiu sua fala. A firmeza que soava como agressividade impressionou todos, e alguns pareceram até se assustar.

– O doutor não atende sem hora ma... – a secretária que agendava as consultas tentou argumentar, mas logo foi interrompida.

– Eu já disse que ele vai me atender! – afirmou Jefferson, batendo sobre o balcão – Se não me deixar entrar, eu arrombo a porta.

Mais do que depressa a moça se levantou e caminhou até o consultório. Pouco menos de dois minutos depois, uma paciente saiu às pressas, e o marido de Helena foi instruído a entrar.

– Entre, senhor Jefferson – disse o médico, em um tom sereno assim que ele apontou na porta.

Jefferson passou pela entrada e, após bater à porta, atirou uma sacola de plástico sobre a mesa.

– Você me disse para deixá-la enfrentar as coisas a seu tempo – vociferou o esposo de Helena. – Você me disse que às vezes ela poderia fantasiar sobre a realidade, pensar em justificativas para atitudes incomuns, e que isso era normal. Agora ela está desacordada em uma cama de hospital há mais de uma semana.

O médico pegou o saco de plástico sobre a mesa e abriu. Dentro dele estavam várias cartelas dos remédios tarja preta que ele havia receitado para Helena nos últimos meses. Pela quantidade, era fácil deduzir que ela havia reduzido o consumo, chegando ao ponto de em algum momento não tomar mais.

– Desde quando ela parou de tomar os remédios? – perguntou o Dr. Manzany.

– Eu não sei! – gritou Jefferson. – Eu não sei, ela não me disse. Ela não me falou sobre tudo pelo que estava passando, eu não sabia em que ela precisava de ajuda.

Neste instante, os olhos de Jefferson se encheram de lágrimas. Era dilacerante a sensação de impotência que sentia, a falta de conhecimento e de ferramentas capazes de ajudar a pessoa que amava. Na noite anterior, sua filha, Beatriz, havia entrado no seu quarto de madrugada, chorando pela ausência da mãe. Em certo momento, Bia havia implorado para que o pai fizesse alguma coisa, para que trouxesse sua mãe de volta, mas Jefferson não sabia como, não tinha esse poder.

– Sente-se, senhor Jefferson, por favor – falou Manzany.

De início Jefferson resistiu, mas não demorou até que desabasse exausto na cadeira. Assim que se sentou, o médico abriu a tela do computador, localizou o histórico de Helena e o colocou em frente ao marido dela.

– O hospital me ligou há dois dias – disse o médico –, e foi quando eu soube da situação de Helena. Conversei com alguns colegas por vários minutos, e eles me descreveram em detalhes toda a história. Parece que você compartilhou com eles muito do que passaram, e isso foi importante para decidirem como fazer o tratamento.

Jefferson realmente tinha conversado com vários médicos desde o dia em que chegaram ao hospital, até recentemente, quando ainda decidiam como proceder com o tratamento de Helena.

– Pelas leis da ética médica, eu não deveria compartilhar o histórico de um paciente, mesmo que para seus parentes mais próximos – continuou Manzany. – Mas, dadas as circunstâncias, eu vou compartilhar com o senhor tudo o que sei.

Mais calmo, Jefferson decidiu ouvir o que o médico tinha para lhe dizer; afinal, era para isso que estava ali, para entender o que acontecera com Helena e a partir daí descobrir uma forma de ajudá-la.

– Há cerca de trinta anos, Helena teve um grande trauma, uma tragédia na família que mudou para sempre sua história – começou Manzany. – Seus pais saíram no dia do aniversário dela, dizendo que retornariam em breve, já que precisavam resolver um problema para garantir o futuro da filha e de toda a família. Porém, não foi isso o que aconteceu.

Manzany fez uma pausa e continuou.

– A verdade é que os pais de Helena haviam feito um investimento com um conhecido, e este homem, após alguns meses, roubou grande parte de suas economias. Era alguém que frequentava regularmente os mesmos lugares, que parecia confiável e que não enganou somente a eles, mas a muitas outras pessoas próximas. Assustados, eles tinham decidido se reunir com todas as vítimas que compartilhavam deste problema para debater as possibilidades, decidir se envolveriam ou não a polícia. Prometeram à filha que retornariam para levá-la ao encontro de amigos, mas um terrível acidente de trânsito aconteceu, e a vida dos dois foi ceifada. Naquele dia, Helena criou um grande trauma que a acompanha até hoje, além de uma ideia fixa de que a morte dos pais ocorrera por culpa dela.

Jefferson ouvia atento. Já sabia de tudo aquilo, e até o momento não havia surpresa na fala de Manzany.

– No início – continuou o médico –, foi despertado em Helena um desejo intenso de entender o porquê de seus pais terem morrido. Ela tentava encontrar as mais diversas explicações e causas, mas nada fazia sentido. Foi nesta época que eu a conheci. Helena tinha um tio-avô chamado Antony Blackthorn. Era um homem problemático que ficou internado por muitos anos em um manicômio na cidade de Franco da Rocha, em São Paulo. Eu fui médico e diretor daquele hospital e certo dia recebi a ligação de uma jovem, uma menina que pedia ajuda para saber mais sobre o passado de um parente próximo. No início eu relutei em ajudar, mas, depois de muita insistência, aceitei o pedido e, em um fim de semana qualquer, fui com ela até lá para pesquisar sobre ele.

"O Cemitério do Juquery", pensou Jefferson.

– Quando aceitei o pedido, eu na verdade não me lembrava do caso e só quando estávamos lá é que percebi de quem se tratava. O tio-avô de Helena era uma pessoa esquizofrênica, um homem que confundia a realidade com a fantasia. Ele jurava que sabia sobre maldições que matavam famílias, sobre pessoas que viam espíritos, algo que impressionava Helena desde pequena. Depois que saímos do hospital, eu decidi pesquisar um pouco sobre a vida da jovem que havia me procurado e descobri que Helena tinha presenciado o enterro de Antony quando pequena, no próprio manicômio. Ela frequentara o lugar com os pais, que sempre apareciam para visitar o tio. Suspeito até mesmo de que eles falavam sobre os delírios de Antony dentro de casa e perto da filha. Enfim, o homem tinha sido enterrado com uma bolsa, e nela estavam seu diário e uma imagem que ele mesmo havia esculpido durante a internação. Esta história havia marcado a infância de Helena e sempre voltava à mesa quando ela queria encontrar motivos para justificar o acidente.

Jefferson reconhecia aqueles lugares, aquelas histórias e personagens, mas eles não atuavam da forma como Manzany descrevia. Na mente de Helena, suas participações eram totalmente diferentes.

– Quando descobri tudo isto, eu voltei a entrar em contato com ela e me ofereci para ser seu médico, para ajudá-la a superar a morte dos pais. Eu sentia um arrependimento por não ter curado seu tio-avô e pensei que talvez pudesse ajudá-la – disse Manzany. – Depois de algumas insistências, ela concordou, e passamos a fazer consultas regulares.

Jefferson se acomodou na cadeira e esperou que ele continuasse.

– Então ela te conheceu. – O doutor sorriu neste ponto. – De alguma maneira, você foi capaz de bloquear este sentimento de dor, fazendo-a esquecer tudo sobre o que falávamos, e isso me deu esperanças de que ela pudesse ter superado o que a fazia sofrer. Eu enfim achei que tinha conseguido ajudá-la. Mas, – continuou ele – foi muito cedo para comemorar. Logo ela engravidou, e lentamente o trauma foi retomando força e ocupando mais espaço em sua cabeça. Ela começou a sofrer ainda mais, e eu tive que aumentar os remédios. Foi então que, pela primeira vez, chamei o senhor para conversar.

– Mas você não me disse nada disso – afirmou Jefferson.

– Não, porque achei, erroneamente, que não era necessário naquele momento – lamentou Manzany. – Eu apenas lhe falei sobre o trauma da morte dos pais, falei sobre ela poder criar histórias irreais em algumas situações e afirmei que, se a acompanhasse de perto, não teria problema, não seria perigoso. Eu realmente acreditava nisso, mas confesso que infelizmente me enganei. As histórias e todas as lembranças estavam sendo controladas pelos remédios. Quando Helena parou de tomá-los, tudo voltou com muito mais intensidade, fazendo com que ela realmente acreditasse que a tal maldição era algo real.

Jefferson pensou. Havia acompanhado a esposa, assim como o doutor havia dito, e sua intenção era não deixar que as coisas ficassem daquela forma. Nem mesmo o roedor que ele havia comprado tinha como objetivo o sacrifício, sua ideia era esperar que ultrapassassem a meia-noite sem qualquer acontecimento e com isso provar para Helena que a maldição não era real. O roedor tinha como objetivo dar a ele o tempo necessário para que pudesse convencê-la.

– Mas e a casa em Paranapiacaba, as falas que ela me disse sobre monstros de tentáculos e os espíritos da terra, de onde veio tudo isso?

– A casa à qual Helena se referiu também fazia parte da infância dela – disse o médico apontando para algumas anotações na tela. – Ela fazia trilhas com os pais naquela cidade, e aquela casa sempre a impressionou. Durante as idas a expedições e trilhas, o pai lhe falava sobre espíritos, portais mágicos e fantasmas na casa, e isso ficou marcado na memória dela. Quanto aos monstros, talvez façam parte do último presente que ganhou dos pais no dia do aniversário. Lembro-me de uma das consultas na qual ela comentou sobre uma coleção de livros clássicos, de autores como Júlio Verne, H. P. Lovecraft e Oscar Wilde. Eles podem ter influenciado suas histórias e seus pensamentos.

A raiva de Jefferson havia passado. Toda aquela história contada por Manzany podia explicar o acontecido, mas não ajudaria a resolver o que ainda estava por vir.

– E agora, o que eu faço quando ela acordar?

– Nada – respondeu o médico de forma direta e objetiva.

– Como assim, nada? – perguntou Jefferson, surpreso.

– Os meus colegas médicos disseram que as últimas palavras ditas por ela a você haviam se referido a vencer a maldição, a ter libertado a família. – Manzany sorriu mais uma vez. – Eu suspeito de que, após esta provação, após esta tentativa de fugir da realidade, Helena tenha acabado encontrando a si mesma e talvez, enfim, tenha vencido o trauma, sua maldição.

Por um instante, Jefferson organizou os pensamentos. Ele se lembrou das palavras de Helena no sótão da casa e de sua alegria por ter vencido a maldição. Talvez ela realmente tivesse superado tudo, talvez tivesse se livrado das dores e estabelecido um equilíbrio interior. Mas ele só saberia disso quando ela acordasse.

– E como vamos ter certeza de que ela realmente superou tudo? – perguntou Jefferson, enfim.

– Eu acredito que, quando ela acordar e voltar a si, você saberá.

Não havia muito mais a ser dito. Antes de sair, Jefferson ouviu as últimas palavras do médico e concluiu que não poderia culpá-lo pelo acontecido, pois sua intenção desde o momento que conhecera Helena havia sido única e exclusivamente ajudá-la. Na verdade, não havia culpados ou inocentes em toda aquela história. Afinal, os pais de Helena, Manzany e até mesmo ele sempre estiveram dispostos a apoiar a arquiteta em sua trajetória. Mas o caminho árduo e doloroso de superar traumas só poderia ser percorrido por ela, e somente ela era a pessoa capaz de concluí-lo.

CAPÍTULO 44
Reunião de família

Vinte e cinco dias depois da noite do acontecimento, Beatriz e Jefferson foram visitar Helena. Era uma noite de sábado, e noites de sábado eram tradicionais para a família, por isso eles não podiam ficar distantes. O relógio bateu nove horas da noite quando Bia e o pai passaram pelo corredor e viram que o hospital estava vazio. Na realidade, em todo o prédio havia apenas alguns poucos médicos e enfermeiros de plantão, além de três casos de pessoas com resfriado, na emergência.

Eles passaram pela recepção da área de internação e depois de alguns minutos já estavam no quarto.

Helena estava deitada sobre a cama com alguns aparelhos em seu corpo e, assim que abriram a porta, os dois tiveram um segundo de desânimo. A esperança e o desejo de ver a mulher acordada sempre que retornavam ao hospital eram tão intensos, que a realidade os abatia quando a encontravam sem qualquer melhora.

Depois de encostar a porta, Jefferson tocou no pé da esposa e caminhou até o sofá. Ali ele se sentou para continuar lendo o livro de ficção científica que havia encontrado dias antes, na lanchonete do saguão. Bia, por sua vez, puxou a cadeira para o lado da cama e, sentando-se perto, pegou a mão de sua mãe, para acariciá-la.

Era assim quase todas as vezes: estar próximo a Helena era a única coisa que importava e que eles não deixavam de fazer, sempre que possível.

– O quarto está meio quente, não está? – observou Jefferson após alguns minutos.

– Você acha, pai? – respondeu Bia. – Eu não acho. Você que é muito calorento.

Os dois riram.

– A mamãe sempre queria pizza no sábado, lembra? – disse a menina logo depois. – Acho que é a comida que ela mais gosta no mundo.

– Lembro, claro! – concordou o pai, sorrindo. – Sou casado com ela há quase vinte anos... lembra?

A filha deu um sorriso ao perceber a ironia do pai. Sabia do amor que ele sentia por ela e de todo o esforço que estava fazendo para que ela se recuperasse.

– Gratinado de frango com batata – falou Jefferson.

– O quê?

– Gratinado de frango com batata – repetiu ele. – É a comida da qual ela mais gosta.

– Humm – respondeu ela –, eu também adoro. Estou com saudade – completou Bia, enxugando uma lágrima no rosto. – Estou com muita saudade dela.

Jefferson se levantou, caminhou até a filha e a abraçou.

– Eu sei, eu também.

De repente, Beatriz sentiu um movimento. A mão de Helena começou a mexer, como se quisesse chegar perto dos dois e compartilhar aquele abraço.

– Mãe? – disse a menina, aproximando-se. – Mãe, mãe! Fala comigo, mãe.

– O que foi? – perguntou Jefferson, assustado.

– Ela está se mexendo, pai! – gritou Bia, animada. – Ela está mexendo!

Jefferson correu até a porta e gritou no corredor, pedindo ajuda de uma enfermeira.

– Aqui! – bradou ele. – Preciso de uma enfermeira aqui, é urgente!

Sem nem mesmo esperar que alguém respondesse, ele voltou para o quarto e parou ao lado da cama.

Lentamente, os olhos de Helena foram se abrindo, e um leve sorriso brotou em seu rosto.

– Mãe! – exclamou Bia. – Você acordou, mãe, você acordou!

A garota pulava, segurando a mão de Helena.

– Calma, filha – disse o pai –, vai machucar o braço dela.

– Está tudo bem, Jefferson – respondeu Helena, quase sem voz.

– Você está aqui, mãe! Você acordou!

– Você já tem 15 anos? – perguntou Helena, com os olhos mareados.

– Quase 16 – replicou a filha, com uma mistura de choro e sorriso.

– Então eu venci, filha – completou ela. – Eu venci por nós.

– Eu sei, mãe! – respondeu Bia com um abraço. – Eu sei!

FIM

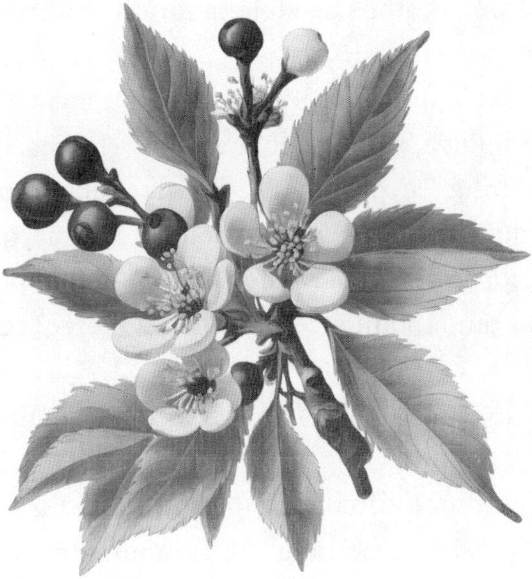

SOBRE O LIVRO

No primeiro semestre deste ano, eu me reuni com alguns amigos da época do Segundo Grau (Ensino Médio, para os mais jovens... rs) em uma recepção familiar. Isso ocorre eventualmente, já que nunca deixamos de nos falar e temos todos uma relação que considero de amizade sincera e especial. Durante o período em que estivemos juntos, entre os muitos assuntos sobre os quais conversamos, o mais comentado de todos foi a disseminação da chamada "inteligência artificial" em nossa sociedade. O tema, muito comentado por meu amigo André, com entusiasmo e expectativa, me fez pensar no quanto essa tecnologia pode nos ajudar ou até mesmo nos substituir em algumas das atividades intelectuais que executamos.

Para a minha surpresa, o tema ficou "martelando" na minha cabeça por alguns dias e, no fim de semana seguinte, decidi experimentar o site que foi pioneiro neste tema, com o objetivo de escrever um novo livro, já que para este ano não tinha nada pronto para publicar.

Após o almoço de domingo, passei uma xícara de café e me sentei em frente ao computador sem grandes expectativas, mas com esperança de elaborar uma história em tempo bem menor do que aquele que costumo dedicar em meus livros.

Por quase sete horas fiquei em frente ao computador, "conversando" com a chamada inteligência artificial a respeito de uma história. Basicamente, eu sugeria o tema e o andamento da narrativa, e ela, por sua vez, produzia capítulos de três ou quatro parágrafos, os quais eu nem mesmo revisava, simplesmente lia e, a partir dali, continuava com as minhas orientações.

Durante estas horas, o site, baseado em minhas orientações, produziu cerca de quinze mil palavras de um enredo que continha toda a estrutura básica de um livro, o clássico "começo, meio e fim".

Fiquei muito empolgado com isso e pensei que tinha uma história pronta, que não gastaria muito tempo para revisar e que havia achado um grande parceiro para futuras obras. Mas, como eu digo sempre àqueles que ingressam no mundo da literatura, não existe melhor crítica a ser feita em um texto como a sua própria, principalmente após algumas boas noites de sono.

Então, deixei o livro descansar e após alguns dias retornei para ver o que havia escrito em conjunto com a inteligência artificial.

O que li, depois deste tempo, parecia um texto mecânico, algumas vezes desconexo e outras inverossímil, se comparado não somente ao que costumo escrever, mas também às leituras que faço regularmente. Não se trata de uma crítica direta à ferramenta, já que é algo novo e até promissor, mas uma constatação de que ela ainda está muito distante de representar a essência e a natureza do ser humano a ponto de substituí-lo em todas as suas atribuições.

Semanas depois, quando concluí este livro, ele tinha quase o triplo do tamanho que o site sugeriu, bem como palavras, ações e personagens diferentes, além de um contexto muito mais humano em comparação com o proposto inicialmente. Se fosse avaliar a contribuição real da inteligência artificial no resultado da obra, eu diria que não ultrapassa uns 7%.

Se você leu o livro *A maldição da casa Blackthorn* (e imagino que assim o fez, considerando que chegou até aqui), deve ter percebido que não se trata somente de um livro de terror, como é a ideia no começo. O livro aborda um tema muito mais complexo para a natureza humana, que é a perda.

Para o ser humano, principalmente na atualidade, aceitar a perda, a derrota e a frustração é algo muito difícil, chegando às vezes a ser inaceitável. O sentimento chega a ser tão intenso, que alguns não enxergam soluções possíveis no plano material em que vivemos. Isso é muito triste, pois esta doença presente no mundo contemporâneo muitas vezes é subestimada e culmina neste ponto.

Não sou psicólogo, não me atrevo nem tenho a pretensão de sequer opinar sobre o tema, mas, com base em perdas pessoais, sentimentos conhecidos e situações vividas, ousei escrever este livro. A narrativa obviamente foi dramatizada e potencializada para conquistar e amarrar o leitor, mas, como eu disse antes, esta é uma história de perda, de como podemos enfrentá-la, das pessoas com quem podemos contar e da certeza de que somos os únicos capazes de enfrentar e mudar o nosso destino.

Momentos bons e ruins fazem parte da vida de todos, mas, se tivermos paciência e persistirmos, sempre existirão pessoas dispostas a nos ajudar, além de motivações verdadeiras para nos fazerem seguir em frente.

AGRADECIMENTOS

Mais uma vez chegamos ao fim de uma nova história. Quando isso acontece, não posso deixar de me lembrar de todos que tornaram esta obra e sua publicação possíveis. Na era digital, em que a literatura está cada vez mais escassa e seletiva, agradecer deixa de ser um reconhecimento e passa a ser uma obrigação do autor que publica.

Agradeço a todos os leitores que me acompanham, que me mandam mensagens nas redes sociais e por e-mail, pelo carinho e pelo compartilhamento de seus sentimentos em relação a meus livros. Isso não somente me alegra, mas me dá forças para continuar escrevendo. Para alguns de vocês, um recado especial: *Retirantes 2* está no forno, não se preocupem, que o livro logo estará na mão, na mente e no coração de vocês.

Agradeço também a todos os *bookstagrammers*, *booktokers*, *booktubers*, enfim, todos que falam dos meus livros nas redes sociais, por meio de textos, vídeos e mensagens que, eu sei, dão muito trabalho. Não apenas reconheço o talento de vocês, mas também agradeço muito o que fazem.

Aos leitores, que, por muitas vezes, se esforçam para me encontrar em eventos e feiras, que passam meses juntando economias para comprar livros e que convencem amigos e parentes a lerem minhas histórias. Valeu, pessoal!

A Deus, por me permitir ter saúde, criatividade e persistência.

À amiga Ana, minha leitora beta e parceira de todas as semanas, sua presença em nossos projetos é essencial. Ao amigo João Zerbini, pelos áudios sobre o comportamento e a mente humana e pelas dicas essenciais para a construção desta história.

E, por fim, agradeço ao editor e amigo Luiz Vasconcelos, cuja parceria se estende além das publicações e das orientações sobre nosso mercado tão específico e desafiador.

Obrigado a todos e até a próxima história!

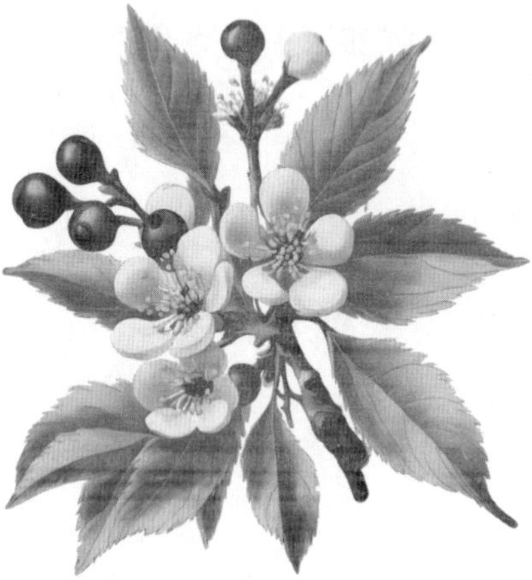

Compartilhando propósitos e conectando pessoas

Visite nosso site e fique por dentro dos nossos lançamentos:
www.gruponovoseculo.com.br

facebook/novoseculoeditora
@novoseculoeditora
@NovoSeculo
novo século editora

gruponovoseculo.com.br

Edição: 1ª
Fonte: Spectral